집에서 죽음을 맞이하다

"싫어 하는 일은 하지 않고"
"억지로 애쓰지 않아도 되며"
"안심할 수 있는"

집에서 죽음을 맞이하다

초판 1쇄 발행 2013년 03월 15일
개정 1쇄 발행 2016년 01월 15일

지은이 오시카와 마키코
옮긴이 남기훈
펴낸이 백도연
펴낸곳 도서출판 세움과비움

신고번호 제 2012-000230호
주 소 서울 마포구 양화로16길 18(서교동)
연락처 T. 02-704-0494 / F. 02-6442-0423 / seumbium@naver.com

잘못 만들어진 책은 구입하신 서점에서 바꾸어 드립니다.
이 책은 『떠나야 하는 보낼 수 없는』의 개정판입니다.

ISBN 978-89-98090-13-5   03830

값 12,800원

누구나 마지막엔
꾸는 꿈

집 에서
: 모든 것, 가정, 포근함, 돌아가야 할

죽음 을
: 마지막, 이별, 회상, 돌아올 수 없는

맞이 하다
: 받아들이다, 내려놓다

오시카와 마키코 지음
(남기훈 옮김)

세움과 비움
Seum&Bium

만남에서 ·················

살아 있는 한 언젠가는 반드시 죽음이 찾아옵니다. 절대 피할 수 없습니다. 가능하면 가족이나 지인에게 부담을 주지 않고 홀연히 가고 싶다고 누구든 바랄 것입니다. 하지만 그렇게 쉽게 생각하는 대로 되지 않는 것이 현실이지요. 마지막을 향하는 환자나 환자 가족과의 만남으로부터 시작하여 끝을 함께하는 것이 저의 일입니다. 슬픈 만남이긴 하지만 백 명의 환자에게는 백 가지의 삶, 백 가지의 마지막이 있습니다. 사람이 언젠가는 필연적으로 마주치게 되는 죽음이라는 삶의 종착역을 향해 어떻게 살아가는지⋯. 가족은 또 어떻게 지켜보고 함께하는지⋯. 저는 그것을 보면서 많은 것을 배우고 또 생각하게 됩니다.

이 책은 제가 만났던 많은 환자들 중에서 '집에서 죽음을 맞이하신 분'을 중심으로 만남에서부터 헤어짐까지를 방문 간호사로서 본 기록입니다. 다양한 죽음의 순간과 과정을 돌아보면서 새로이 저 자신의 무력함을 깨닫는 고통스러운 작업이기도 했습니다. 그렇지만 한편으로는 환자와 환자를 돌보는 가족의 현실을 다시 보는 기회가 되기도 했습니다.

저는 마지막 이별을 준비하는 사람들의 재택 요양을 돕는^{support} 일을 하고 있지만, '재택사在宅死'가 누구든지 선택해야 하는 가장 좋은 죽음의 방식이라고 생각하고 있지는 않습니다. 그렇더라도 살아온 삶의 과정을 잘 마무리하고자 한다면 재택사는 그리 나쁘지 않은 죽음의 방식이라 말할 수 있습니다.

저와 같은 일을 하는 의료인에게도 '죽음'은 혹독한 현실입니다. 죽음을 가까이서 경험한 일이 없는 가족이 주체가 되어 간병하는 '재택사'는 환자에게도, 가족에게도 죽음의 수용이나 각오가 어지간히 되어 있지 않다면 어려운 일입니다.

죽음으로 가는 가족을 배웅할 때 어떻게 함께해야 하는지, 마지막을 간병하면서 어떤 방식으로 죽음을 대비하고 보내야 하는지, 이 책이 죽음을 맞이해야 하거나 같이 겪어야 할 사람들에게 마음의 준비를 적극적으로 할 수 있게 도움이 된다면 다행이겠습니다.

·················· 헤어짐까지

성누가국제병원
방문 간호과 수간호사
오시카와 마키코

존엄한 죽음에 대하여

죽음을 바라보는 시선이 변하고 있습니다. 지난 1980년대까지만 해도 집 밖에서 죽으면 객사하였다고 하여 좋게 보지 않았습니다. 당시에는 병원에서 임종을 맞이한 환자들도 객사를 피하기 위해 일부러 인공호흡을 하면서 집에 돌아가서야 의사의 사망선고를 받도록 하였습니다. 그러던 것이 지난 30년 동안 장례식장과 요양원이 우후죽순처럼 생겨나면서 집 밖에서 죽는 것을 당연시 여기게 되고, 시신을 집에 모시고 장례를 치르는 집이 이제는 찾기 어려운 시절이 되었습니다.

이렇게 된 배경에는 병원 산업과 가족 구조, 생활 방식, 기대 수명 등의 변화가 자리하고 있습니다. 사회의 죽음을 바라보는 시선 또한 생명에 대한 인식보다는 새로 발생하는 사회적 비용과 절차의 문제로만 보게 된 것도 영향을 미쳤을 것입니다.

이제는 죽음 자체의 숭고한 의미는 찾아볼 수 없게 되었습니다. 더 이상 죽음을 앞둔 사람이 자신의 죽음을 자신의 방식으로 선택할 수 없고, 남은 가족들이 가는 사람의 죽음을 자신들의 삶 속에 담아 둘 수 없게 되어버렸습니다.

이 시대에 죽음의 의미를 되새겨 본다는 것은 무리가 있어 보입니다. 유난히 쌀쌀했던 지난 가을 지인의 장례식에 참석했습니다. 큰 병 없이 아흔까지 살다 가셨으니 사람들은 호상이라 말했습니다. 하지만 어르신은 요양원에서 쓸쓸한 최후를 맞았습니다. 유품으로 남은 수첩에 빼곡하게 이름이 적힌 자녀들도 그 순간을 지키지 못했습니다. 치매 초기 증상이 나타나기 시작하면서 스스로 찾아간 요양원이었습니다. 일하는 아들과 며느리, 한창 공부하는 손자들에게 부담을 주고 싶지 않았기 때문입니다. 하지만 임종이 가까워지면서 그분이 가장 자주 했던 말은 "오늘은 집에 가는 거야?"였습니다. 그 어르신은 숨을 거두는 순간까지 집과 자녀들을 그리워했을 겁니다.

최근 이슈로 떠오른 화두가 '웰 다잉well-dying', 즉 '잘 죽기'입니다. 수명 100세 시대가 열리면서 얼마나 건강하게 오래 사느냐의 문제만큼 얼마나 품위 있게 죽느냐가 관심으로 부각되고 있는 겁니다. 노환이나 질병으로 입원해 죽음을 맞는 환자들은 온 몸에 호스를 끼운 채 기계에 의지해 간신히 생명을 연장해 나갑니다. 오랫동안 병원과 집, 직장을 오가며 환자를 돌보아야 하는 가족들에게도 고된 일상입니다.

치료비와 간병비 같은 실제적인 부담 외에 정서적으로도 고갈돼 존엄한 죽음은 생각하기조차 힘듭니다. 환자에게도, 주변 사람들에게도 결코 행복할 수만은 없는 삶의 마지막 모습입니다.

현실은 이러하지만 그렇다고 대안이 없는 것은 아닙니다. 이런 건 어떨까요. 정든 내 집에서 삶을 차분히 정리하는 겁니다. 이제까지 살아온 삶을 돌아보며 소중한 사람들에게 마지막 마음을 전합니다. 보고 싶은 가족과 이웃을 떠나 차가운 병실에서 쓸쓸히 최후를 맞을 필요가 없습니다. 퇴근하고 돌아온 자녀들이 늘 곁에 있으니까요. 필요하면 언제든 달려와 주는 의료진이 근거리에 있으니 위급한 상황에도 당황할 필요는 없습니다. 몸 상태가 호전된다면 소중한 이와 가까운 곳으로 여행을 떠나 마지막 추억을 쌓는 것도 가능하겠지요. 여행지에서 정신없이 달려온 삶을 차분히 되돌아보며 소중한 사람들에게 짧은 인사를 건네는 것도 멋지지 않을까요.

아직은 꿈 같은 얘기로 들릴지 모릅니다. 그러나 그런 꿈 같은 이야기가 이 책에 펼쳐져 있습니다. 내 몸 상태를 정확히 알고 죽음을 미리 준비하는 사람들은 죽음을 향한 여정이 반드시 슬프지만은 않다는 것을 보여 주고 있습니다. 최후의 순간 가장 소중한 사람들과 밀도 있는 시간을 보내며 삶을 정리하는 것은 오히려 의미 있고 즐거운 여정이 되고 있습니다.

그 중심에는 '집'이 있습니다. 내가 평생을 생활한 터전, 곳곳마다 추억과 의미가 새겨져 있고 그리운 사람이 있는 곳에서 최후를 맞이하기에 가능한 일인 겁니다.

이것은 우리 조상들의 삶과도 다르지 않습니다. 선조들의 지혜와 애정을 현재로 옮겨다 놓을 수 있는 계기가 될 수도 있을 것입니다.

이 책을 통해 존엄한 죽음을 배려한 일본의 사회적 인프라와 제도도 눈여겨볼 필요가 있습니다. 일본의 요양 보험 체계가 우리에게도 꼭 필요한 시점이 되어가고 있기 때문입니다. 경제적인 부담을 덜어주는 의미의 복지에서 처음과 끝을 동일하고 평등하며 인간답게 살아갈 권리를 보장해 주는 복지로 향한다면 복지 100조 시대를 살아가는 우리가 진정한 복지의 가치를 잘 이해할 수 있게 될 것입니다.

또한 우리 사회에서 실종된 죽음의 진정한 의미도 다시 돌아볼 기회가 되리라 봅니다. 최근에야 비로소 웰 다잉에 대한 논의가 시작된 우리 사회에 이 소박한 '존엄한 죽음'의 실화가 잔잔한 감동의 파문을 일으켜 주리라 믿습니다.

서울대학교 보건대학원 교수 (전)원장
백 도 명

죽음은 생각하고 싶지 않은 주제입니다

죽음은 생각하고 싶지 않은 주제입니다. 그러나 꼭 생각해야만 하는 주제입니다. 더구나 '나는 어떻게 잘 죽을 것인가well-dying'의 문제라면 더 깊이 생각해야 하는 일이겠지요.

죽음은 여러 가지 상황에서 이루어집니다. 사고로 길에서 죽거나, 등반 도중 추락사하는 것과 같은 돌연사도 있고, 병원에서 임종을 맞이할 수도 있으며, 집에서 죽을 수도 있습니다. 돌연사의 경우는 죽어가는 과정에서 삶을 정리할 수 있는 기회를 가질 수 없는 안타까움이 있지요.

이 책은 죽음의 과정을 밟으며, 웰 다잉을 할 수 있는 길이 재택사在宅死에 있음을 여러 사례를 통해 말해주고 있습니다. 의료진과 의료장비들에 둘러싸여 가족들은 본의 아니게 한 발 물러선 방관자가 되어버리는 현 세태에 비해 재택사가 가지고 있는 인간적이고 애틋한 면을 차근차근 잘 이야기해 줍니다. 물론 재택사는 죽어가는 환자에게 상황에 딱 맞는 의료적 처치를 제대로 제공해 줄 수 없는 한계가 있습니다. 그렇지만 한 인간이 평생 쌓아 온 관계를 죽음 앞에서 어떻게 정리하며 아름답게 마무리할 수 있는지를 사례를 통해 알려줍니다. 그 과정이 고통스럽고, 힘들고, 부담스럽지만 한편으로는 놓치고 살았던 친밀감의 회복으로 인한 감동이 있다는 것을 상기시켜 주고 얽힌 관계들이 어떻게 풀리는가를 보여줍니다. 죽어가는 고통과 불안을 안고서 미로 같은 문제들을 어떻게 다루어야 하는지에 대해서도 경험하게 해 줍니다.

재택 간호사와 왕진 의사의 도움으로 그 죽음을 함께하면서 결국에는 서로에 대해 진정한 안녕을 할 수 있게 해 주는 사례들은 사랑하는 가족들 속에서 임종을 맞이하는 것을 소망하게 하기도 합니다.

사례마다 죽음 앞에 놓인 당사자와 가족들, 간병하는 사람과 재택 간호사의 심정과 반응을 잘 묘사하고, 반영해 줌으로 죽음을 좀 더 친근한 주제로 생각할 수 있게 도와줍니다. 그리고 어떤 마음가짐으로 사랑하는 사람들을 영원으로 떠나보낼 것인가를 생각하게 도와줍니다.

나는 개인적으로 암으로 세상을 떠난 오빠의 죽음을 경험하면서 재택사를 깊이 생각한 적이 있습니다. 오빠가 병원에서 암과 마지막 고통으로 싸울 때, 많이 했던 말이 '집에 가고 싶다'는 것이었습니다. 암이 뇌로 전이되어 상황 판단이 흐려지는 순간에도 힘이 있어야 집에 갈 수 있다는 생각에 의자나 침대 모서리를 잡고 어떻게든 일어나 보려고 애쓰던 모습이 눈에 선합니다. 어차피 죽게 될 것을 알고 있으면서도, 비상시에 대책이 없다는 불안함 때문에 끝내 병원에서 임종을 맞이하게 한 것은 지금도 내 마음에 미안함과 슬픔으로 자리 잡고 있습니다.

오빠의 남은 시간을 집에서 보내도록 배우자와 자녀들이 합의하는 것도 쉬운 일이 아니었고, 그 결정을 감당하고, 책임지는 일 또한 큰 부담이었으며 그것이 진정으로 환자를 제대로 돌보는 일인 것인지에 대해 확신할 수 없었기에 집에 가고 싶다는 오빠의 말을 들어줄 수가 없었습니다.

이 책에 나오는 재택 간호사와 같은 분들을 좀 더 손쉽게 만날 수 있고 언제든 환자의 필요에 왕진 올 수 있는 의사가 있다면, 사랑하는 사람들, 특히 가족의 죽음이 집에서 이루어질 수 있도록 하는 것은 한 인간의 생명을 끝까지 지켜주고, 존중하고, 함께해 줄 수 있는 가장 좋은 방법이라 생각됩니다. 용서하고 용서받고 사랑하고 사랑받으면서 생을 마감할 수 있다면 그런 죽음은 얼마나 복되고 아름다울까요! 이 책은 그것이 가능하다고 말해주며 그렇게 하도록 우리를 격려하고 있습니다.

한사랑기독상담연구소 상담실장
박 병 은

죽음을 준비할 수 있다는 축복

죽음은 모든 사람에게 공평하게 닥치는 일이지만, 마지막 순간의 모습은 저마다 다르다. 살아 있는 사람이라면 누구라도 죽음을 외면하고 싶겠지만 죽음의 모습을 지켜보며 지혜를 얻는 사람도 있을 것이다. 죽음의 순간에 우리는 무엇을 배울 수 있을까?

가장 사랑하는 사람의 죽음을 경건한 마음으로 지켜보면 우리는 사람다움이 무엇이며, 그것을 어떻게 지킬 수 있는지, 반대로 무엇이 사람다움을 드러내지 못하게 하는 장애물인지를 배울 수 있을 것이다.

죽음을 앞두고는 누구든지 자신을 한 번 돌아보게 된다. 단순히 무엇을 했고, 어떤 일에 성공했는지 같은 것이 아니라, 그때 내가 간절히 원했던 것이 무엇이었고, 마음에 깊이 두고 있었던 사람은 누구였는지 같은 것이다. 자신을 깊이 돌아볼 수 있다는 것은 세상의 마지막인 죽음이라는 것을 맞닥뜨리고 서서 자신에게와 주변 사람들에게 준비를 할 수 있는 시간을 준다는 것을 의미한다. 죽음을 앞둔 순간, 누구도 자신을 돌아보는 시간을 피할 수 없을 것이다. 그러나 이 일을 성공적으로 해내는 사람이 그리 많지 않다.

당장에 죽게 될 병이 아니라 해도 병을 치료하는 일에 우리 온 정신이 팔리면, 아니 병원비니 간병이니, 보험금이니 이런 문제 때문에라도 우리는 죽음을 앞두고 자신을 돌아볼 기회를 잃게 된다. 결국 죽음이라는 본질적인 문제를 해결하지 못하고 죽음에 끌려다닐 수밖에 없게 되는 것이다.

이 책은 죽음은 무엇이고 죽음을 앞둔 사람들은 어떤 문제로 고통 받고 어떻게 해결할 수 있는지를 조용한 목소리로 우리에게 일러 준다. 일본의 가장 큰 의료기관에서 방문 간호를 담당했던 저자는 누구라도 우왕좌왕 혼돈에 빠질 수밖에 없을 죽음의 과정을 능숙하게 이끌어 간다.

책에 나오는 이야기들의 공통점은 죽음을 앞둔 사람의 뜻대로 해 준다는 것이다. 즉, 환자가 앞으로의 일에 대해 결정하도록 해 준다는 말이다. 병원도, 의사도, 간호하는 가족들도 모두 환자가 의식이 있는 한 그의 의사를 따른다.

생각해 보면 이것이 후회 없는 삶의 마무리이지 않을까 싶다. 의료장비에 파묻혀 손도 잡아보기 어려운 환경에서 보내는 것보다는 훨씬 따뜻하고 인간적인 이별 아닌가.

연세의대 의료법윤리학과 조교수
사전의료의향서실천모임 사무총장
이 일 학

Story 1...
꼭 가고 싶었던 디즈니랜드

오늘로 불꽃놀이가 끝나요.
저도 몸이 좋아지길 기다렸지만 오늘뿐이에요.
오늘밖에 없어요.
(17세 · 여성)

꼭 하고 싶은 일

꼭 하고 싶은 일...
단지 그것만으로도
누군가는 살아야 할
이유가 됩니다.

🍎 유카리와의 만남

크리스마스와 새해가 얼마 남지 않아 모두들 약간씩은 들떠 있던 무렵, H선생님으로부터 연락이 있었습니다.

"열일곱 살짜리 여자 아이예요. 일곱 살 때부터 백혈병과 싸워왔는데, 이제는 더 이상 가능성을 찾기가 힘들어 보이네요. 한 번 병동으로 가서 만나주셨으면 하는데……."

몇 달 전부터 가끔 H선생님이 그녀의 이야기를 했었지만 '내가 담당하려면 아직 멀었어.'라고 생각하며 한 귀로 흘렸기에 그녀를 만날 준비가 되어 있지 않았습니다.

'선입견 없이 일단 만나보기나 하자.'라는 가벼운 마음으로 병동을 향했습니다. 그러나 그 가벼운 마음은 병실로 발을 들여놓자마자 날아가 버렸습니다. 마지막을 사는 환자를 위한 프로그램에 들어가 있다는 것을 이미 알고 있었지만 그녀를 처음 본 순간 그녀의 고통이 내게로 전해져 왔습니다. 항암제 탓에 머리카락은 다 빠지고 얼굴은 퉁퉁 부은 채 수많은 주사 바늘이 꽂혀 있었습니다.

열일곱 살 소녀, 유카리.

청순하기 그지없는 소녀가 일곱 살 때부터 자신을 죽음으로 끌어가려는 병과 싸우고 있는 것입니다. 상상을 뛰어 넘는 무거운 분위기는 웃음과 희망과 의지 같은 것을 모두 잡아 먹어버린 것 같았습니다. 그런 분위기에서는 어떤 자상한 말도 할 수 없었습니다.

"만나서 반가워. 나중에 유카리가 집으로 돌아가면 상태를 보러 갈 방문 간호사 오시카와라고 해. 잘 부탁해."

"네……."

유카리는 제 얼굴을 똑바로 보려고도 하질 않았습니다.

"컨디션이 좋지 않을 때 왔나보구나. 미안해."

"……."

결국 저는 대화라고도 할 수 없는 간단한 인사만 남긴 채 나와야 했습니다. 마음속으로는 '어떻게 하지? 분위기 최악인 걸. 혼자 오는 게 아니었어.'라는 담당 간호사로서의 한심한 기분과, '열일곱 살이면서 말이야. 좀 더 붙임성 있게 굴 수 없나? 아무리 아파도 그렇지…….'라는 두 가지의 생각이 머리를 맴돌았습니다.

나중에서야 들은 얘기지만, 그날은 그녀가 너무나 기다렸던 디즈니랜드에 가기로 한 날이었는데 그녀의 상태가 너무 좋지 않아서 취소되어 버렸다고 합니다. 살아야 하는 이유를 놓쳐버린 기분이었을까요? 그날의 그녀는 최악이었습니다.

그때만 해도 그녀에게 디즈니랜드가 얼마나 중요한 장소인지 몰랐습니다. 병실을 나서는 제 발걸음은 몹시 무거웠습니다.

'내가 맡기에는 좀 힘들겠다고 말하는 편이 나을까?'

머릿속으로는 조금 전의 무거웠던 분위기를 떠올리면서 H선생님에게 할 변명을 열심히 생각했습니다.

"유카리는 병원을 너무 싫어해서요. 입원하면 항상 저렇게 기분이 나빠져 버리네요. 하지만 어떻게든 돌아갈 수 있는 상태로 만들어서 그

아이가 바라고 있는 재택 요양을 할 수 있도록 해주고 싶어요. 그러기 위해서는 방문 간호가 꼭 필요한 거고……. 잘 부탁해요."

저의 불안한 마음을 H선생님은 이미 알고 계셨나 봅니다. 말할 기회를 놓친 저는 '좋아. 유카리의 웃는 얼굴을 볼 수 있도록 열심히 해보자.'라고 마음먹고 긍정적으로 대하기로 했습니다.

그날 이후로 매일같이 병실을 방문했고, 어느새 새해가 되었습니다. 그 무렵 병원과 부모님 간에 상담이 있었습니다. 유카리의 어머니는 고칠 수 없는 병에 걸린 딸이 있다고는 보이지 않을 정도로 밝았습니다. 아버지 역시 그런 어머니를 다정하게 지켜보는 것 같았습니다. 따뜻하게 대해 주시는 어머니의 행동에 저는 편안했고 감사하는 마음도 가지게 되었습니다.

어머니는 항상 웃는 얼굴로 의료진을 대하셨지만, 속마음까지 그랬을 리는 없겠죠. 얼마나 애가 타고 가슴이 저렸을까요. 그래서 오히려 밝게 대해 주는 것이 참을 수 없을 정도로 미안하고 가련한 기분이 들기도 했습니다. 그래서 저도 최선을 다해보자고 되뇌며 다짐하는 것인지도 모르겠습니다.

유카리의 가족은 새해가 되면서 이사했습니다. 그녀가 이전부터 바라고 바라던 디즈니랜드와 가까이 있는 아파트였습니다.

🍎 유카리의 병력

유카리는 일곱 살 때 처음 백혈병 진단을 받았습니다. 여덟 살 때 아버지의 직장 때문에 상경하여 그때부터 우리 병원의 H선생님에게서 치료를 받았습니다. 제가 만난 것은 유카리가 27번째 입원하던 무렵이었습니다.

열 살 때는 병원에서 함께 투병생활을 하던 친구들 중 몇이 세상을 떠나게 되었는데 그때까지 자신이 무슨 병에 걸렸는지 모르던 그녀는 몹시 불안해 했다고 합니다. 그래서 부모님의 요청으로 H선생님은 유카리에게 백혈병이라는 사실을 이야기해줬습니다.

열한 살 때, 난소에서 재발하여 적출술을 받았고, 열네 살 때 두 번째 재발. 다행히 화학요법으로 나았고, 열다섯 살 때, 언니로부터 골수 이식을 받았습니다. 그러나 완치까지는 이르지 못하고 열여섯 살에 세 번째로 재발하고 말았습니다. 이때가 저와 만나기 반 년 전이었습니다.

H선생님은 부모님에게 말씀하셨습니다.

"골수에서 지금은 나쁜 것이 나오고 있지 않습니다. 하지만 지금까지의 경위를 보면, 애석하게도 재발할 가능성이 높아요. 그래서 소강상태를 보이고 있는 지금, 유카리가 바라는 재택 요양을 시작해 보려고 합니다. 집에서 아무것도 하지 않는 것이 아니라, 좋은 상태를 조금이라도 더 오래 유지하기 위한 치료는 계속할 예정입니다. 그러나 유카리가 최소한의 인간적인 생활은 할 수 있도록 너무 강한 치료는 하지 않을 예정입니다."

저는 유카리에게 그 말을 전해주러 갔습니다.

"지금은 골수에서 나쁜 것이 나오지 않아서 퇴원할 수 있을 것 같아.

새 집에서 가족이랑 즐겁게 지내겠네. 치료는 계속할 거야. 그렇지만 병원에서처럼 치료가 우선이 되지는 않을 거고 네 생각이 더 중요하게 받아들여질 거야. 그러니까 마음 놓아도 돼. 네가 만약 오늘 링거 맞고 싶지 않으면 그렇게 이야기해 주면 되는 거야. 모두 잘된 것 같아. 우리 열심히 해보자."

이 말을 들은 유카리는 그제야 겨우 살짝 웃음을 보여 줍니다.

🍎 첫방문

저희는 일단 그녀와 신뢰를 쌓는 것이 무엇보다도 중요하다고 생각 되어 일주일에 한 번씩 방문하기로 했습니다.

첫 방문은 1월 중순, 한겨울 찬바람이 불던 때였습니다. 병원에서 유카리의 집까지는 한 시간 이십 분 정도 걸렸습니다. 전철 창밖으로 유카리의 소원인 디즈니랜드가 보였습니다.

'디즈니랜드에 갈 수 있는 날이 오면 좋을 텐데…….'

현관에 들어서니 유카리가 병원에서는 절대 보여주지 않던 환하게 웃는 얼굴을 하고 기다리고 있었습니다. 어머니는 여전히 밝은 목소리 로 맞아주었습니다.

집에는 문지방이 없었습니다. 휠체어가 자유롭게 다닐 수 있을 것 같 아서 마음이 놓였습니다. 유카리의 방이 따로 있었지만 낮에는 어머니 의 목소리가 언제나 들리는 거실에서 일상복 차림으로 지내고 있었습 니다.

치료는 경구복용 약만 처방하는 것이었기 때문에 많은 시간이 걸리지 않았고 상태를 체크하고 나서는 어머니와 세 명이서 느긋하게 대화할 수 있었습니다. 유카리는 부끄럼을 잘 타서 먼저 말을 꺼내는 일은 거의 없었습니다. 뭔가 하고 싶은 말이 있어도 직접 제게 말을 걸지 않고 어머니를 통해서 했습니다.

'유카리의 마음을 열려면 아직 시간이 많이 걸리겠구나⋯⋯.'

그러다 유카리가 갑자기 "역시 집이 좋구나⋯⋯."고 말했는데 바로 저희가 기다리던 말이었습니다. 한 마디로 감동이었다고나 할까요.

'투병 중인 유카리가 앞으로 어떤 일들을 겪게 될까. 남은 시간에 우리가 할 수 있는 것은 무엇일까?'

돌아오는 전철 안에서 여러 가지 생각으로 마음이 복잡했습니다.

🍎 다시 입원하게 된 유카리

방문을 시작하고 3개월 동안은 평온한 날들이었습니다. 퇴원한 후로도 항암제 치료는 계속 했기 때문에 필요할 때는 그녀의 좌측 쇄골 아래에 묻어 둔 케모포트 chemoport[1]에서 채혈했습니다. 그때마다 유카리는 채혈하는 과정을 빤히 바라보곤 했습니다.

백혈병 환자들은 혈소판이 보통 사람보다 적고 빈혈도 있어서 혈소판과 적혈구 수혈을 받아야 합니다. 재택 요양을 결정한 유카리 역시

---

1) 케모포트 (chemoport) : 항암치료 때 계속해서 약물을 주입해야 할 때나 수혈, 채혈을 자주 해야 할 경우 체내에 삽입하는 관. 피부 밑에 외부와의 연결부인 포트(port)를 삽입해서 사용한다. 외관상 잘 눈에 띄지 않는다. 일상생활 중에는 따로 소독이 필요 없고 목욕이나 수영도 가능하다.

수혈이 필요했는데 집에서 해보기로 했습니다.

　H선생님과 함께 왕진하여 진행한 수혈은 밤 열한 시까지 계속되었습니다. 수혈을 하면서 가족과 함께 밥도 먹고 쉬기도 했습니다. 식욕도 그럭저럭 있어 보였습니다.

　"조금 졸리지만, 괜찮아."

　첫 수혈을 마친 유카리의 감상이었습니다.

　"입원 중에 수혈을 하면, 꼭 발진이 나거나, 열이 오르거나 해서 상태가 나빠지는데, 집에서는 이렇게 다르네요. 역시 병은 정신적인 면이 크게 영향을 주나 봐요."

　다음 날 전화에서 어머니는 차분히 이야기했습니다.

　채혈과 수혈은 병원에서와 똑같은 사람, 동일한 절차로 진행되었지만 마음대로 생활할 수 있는 집이라는 장소가 유카리를 안정시키고 있는 것 같았습니다.

　"집에 있는 게 너무 좋아. 즐거워."

　여전히 수줍어 하긴 했지만 점차 저희에게 말을 건네는 일이 많아졌습니다. 가끔 손수 만든 쿠키를 내놓기도 했습니다. 그러면서 여러 가지 이야기를 해줬습니다. 발병했을 때의 일, 언니로부터 골수이식을 받은 때의 일, 치료의 예상치 못한 부작용으로 지팡이를 짚고 통학했던 일, …… 등 몇 권의 앨범을 보면서 그때그때의 일들을 이야기해 주었습니다.

　제가 그녀를 만났을 때에는 이미 휠체어에 익숙해 있었습니다. 백혈병 자체뿐 아니라 합병증으로 다리가 잘 움직이지 않는 장애까지 있었지만 유카리는 용감하게 병에 맞섰습니다. 휠체어를 타고 있는 모습을 볼 때면 나이답지 않은 강인함을 느끼곤 했습니다.

벚꽃이 흐드러지게 피고 날씨도 좋은 봄날에는 저희를 역까지 배웅해 주기도 했습니다. 오고가는 길에 벚꽃 구경도 하고 언니와 많은 이야기를 나누기도 하는 것 같았습니다. 언니는 3월에 대학을 졸업하게 되는데 어릴 적 꿈인 스튜어디스가 되기 위해 준비하고 있었습니다. 유카리처럼 말수가 적은 언니가 스튜어디스가 될 꿈에 대해 눈을 반짝이며 이야기해 준 적도 있었습니다.

저는 유카리의 휠체어를 밀면서 '이렇게 평온한 시간이 얼마나 계속될 수 있을까. 언제까지고 계속되면 좋으련만……' 하고 속으로 기도했습니다.

🍎 드디어 디즈니랜드!

꿈에도 그리던 디즈니랜드.

4월이 되자 마침내 디즈니랜드에 갈 수 있게 되었습니다. 날짜를 정하고 하루하루 기다리면서 유카리와 가족들은 기대에 들떠 있었습니다. 어머니가 유카리와 친한 사촌이 썼다는 글을 보여주었습니다. 현縣의 글짓기대회에서 입선했다는데, 유카리가 백혈병과 싸우면서도 긍정적으로 살고 있는 것. 그런 그녀를 존경하고 자신도 스무 살이 되면 골수뱅크에 등록하여 같은 병을 앓고 있는 사람들을 돕고 싶다는 내용이었습니다.

"이렇게 유카리를 응원해 주는 사촌이 있어 든든하시겠어요."라고 하니 아주 행복한 표정으로 고개를 끄덕였습니다. 그러나 언제나처럼 행복은 길지 않았습니다. 바로 말초혈末梢血[2]에서 백혈병 세포가 얼굴을 들기 시작한 것입니다. 재발再發이었습니다.

"일반적으로는 곧바로 입원해서 치료하면 되지만, 지금의 재택 요양을 지키면서 방법을 생각해 보려니 좀 어렵군요."

평소에는 밝은 H선생님의 표정이 흐려졌습니다. 부모님에게는 골수검사를 한 후에 그 결과를 보고 앞으로 어떻게 할 것인지 생각해 보자고 했습니다.

그런 중에도 유카리는 그토록 바라던 디즈니랜드를 간다는 생각으로 머릿속이 꽉 차 있었습니다. 전날 H선생님과 왕진했을 때 디즈니랜드 가이드북을 보여주면서 스케줄을 짜는 데 열심이던 유카리. 그 모습을 보며 부모님은 말할 수 없이 아픈 마음을 혼자서 달래야 했습니다. 모두가 이번 혈액검사에 대해서는 아무 말도 하지 않았고 그저 다음날 가게 될 디즈니랜드에 대한 이야기만 할 뿐이었습니다.

드디어 고대하던 날이 밝았습니다. 유카리는 빅 썬더 마운틴Big Thunder Mountain[3], 잇츠 어 스몰 월드It's a small world[4]등을 즐겼고 미리 골라 둔 디즈니랜드 캐릭터 상품도 많이 샀습니다.

---

2) 말초혈(末消血) : 말초신경이 있는 곳에 흐르는 모든 혈액
3) 빅 썬더 마운틴(Big Thunder Mountain) : 난이도가 좀 낮은 수준의 롤러코스터
4) 잇츠 어 스몰 월드(It's a small world) : 배를 타고 세계 각국의 풍물을 구경하는 놀이시설

"미키와 미니와 함께 사진도 찍었고, 너무 신났어! 하나도 피곤하지 않았어."

유카리는 정말 즐거워 보였습니다. 가족 네 명이 함께한 디즈니랜드 나들이는 이렇게 무사히 끝났습니다. 그날 이후로 유카리는 언제 찾아가도 기분이 좋아보였습니다.

하지만 재발한 백혈병을 치료해야 했기에 먹구름은 점점 짙어지고 있었습니다. 그녀는 프레드닌 prednisolone5) 치료가 시작되자 아무런 이유도 없이 초초해 하는 표정이 되었습니다. 이 치료법에 대해 특별한 공포가 있는 것 같았습니다. 그래도 병원에서보다는 훨씬 두려워하는 정도가 덜했습니다. 저는 가족과 함께 일상을 살아간다는 것의 소중함을 다시 한 번 깨닫게 되었습니다.

그녀를 위해서 오월의 첫 일요일에 가족과 함께 링카이공원臨海公園에 도시락을 가지고 나들이를 갈 계획을 세웠습니다. 유카리가 "꼭 오셔야 해요."라고 특별히 초대했기 때문에 모처럼 가족들만의 자리를 가지는 곳에 저와 H선생님도 참석하기로 했습니다.

디저트로 그녀가 아침 일찍부터 성의를 다해 만들었다는 크레페를 먹었습니다. 아주 부드러운 맛이었습니다. 때때로 목소리를 높여 웃는 유카리를 보며 저까지 행복한 기분을 맛본 하루였습니다.

그렇지만 운명이란 잔혹한 것입니다. 골수검사에서 모두의 바람과는 반대로 백혈병 세포가 확인되었습니다. 그로 인해 지금까지보다 더 강한 치료가 시작되어야 했습니다. 문제는 치료를 집에서 할지 병원에

---

5) 프레드닌(prednisolone) : 스테로이드계 항염증제

입원해서 할지를 결정하는 것이었습니다.

　부모님은 "본인이 바라는 대로……."라고 했고, 유카리는 "집이 좋아요. 집에서 할래요."라고 해서 집에서 하기로 결정했습니다.

　치료를 시작하면 당연히 혈소판의 수치는 지금보다 더욱 낮아집니다. 저희는 방문 횟수를 일주일에 2회 이상으로 늘리고 매주 혈소판 수혈을 했습니다. 유카리는 이제 수혈하거나 채혈하는 것을 더 이상 빤히 바라보지 않습니다. 그만큼 신뢰가 쌓였다고 할 수 있겠죠. 누군가 내 손에서 안심하고 있다는 것은 참으로 좋은 동시에 큰 부담을 갖게 되는 일입니다.

　방문하는 날이 아닌 날에 호출기가 울리고 전화 상담을 받는 일이 빈번해진 것도 이때부터였습니다. 그러다가도 상태가 괜찮으면 백화점으로 쇼핑을 가거나 가까운 라면집에서 외식을 하기도 했습니다. 재택 요양이기에 가능한 일들입니다.

　그런 일들이 살아갈 시간이 많지 않은 사람들에게는 얼마나 소중할까요. 어쩌면 우리가 일상이라고 생각하는 당연한 일들조차도 단 한 번씩밖에 기회가 남지 않았을 수도 있는 것이니까요. 마지막 백화점 가는 날, 마지막 라면 먹는 날, 마지막 산책하는 날 이렇게 말입니다.

　유월로 들어서면서 계속 열이 났고 폐렴을 치료해야 했으므로 안타깝지만 방문 간호를 시작하고 나서의 첫 입원을 하게 되었습니다.

이번 입원은 유카리도 인정한 상태에서 한 것이었지만 병실에 있는 그녀는 집에 있던 때와는 다른 사람이 되어 있었습니다. 무슨 말을 걸어도, 위로를 해도 그저 아래를 바라본 채 "응……, 응……." 하고 고개만 끄덕거릴 뿐이었습니다.

입원 후 5일째 어머니가 저에게로 찾아오셨습니다.

"어제 딸과 함께 울었어요." 어머니는 딸과의 이야기를 전해주었습니다. 어제 유카리가 "이제 모든 게 다 싫어. 몸도 너무 피곤해졌어. 집으로 돌아가고 싶어."라고 해서 어머니는 "지금 치료를 그만두면 죽게 돼. 네가 아직 조금 더 살아줬으면 좋겠고, 애써 주면 좋겠어."라고 했답니다. 그러면서 제 손을 잡고 말했습니다. "제가 병원에 함께 있게 된 것으로 조금 안정되긴 했어요……. 저로서는 폐렴과 백혈병에 대해서 뭔가 조금이라도 가능성이 있다면 입원시켜서 치료하고 싶지만 치유를 기대할 수 없다면, 딸이 바라는 대로 그냥 집에서 지내게 해 주고 싶어요."

대화를 하면서 어머니의 마음이 그대로 전달되어 저 역시 가슴이 미어져 왔습니다. 함께 손을 맞잡고 한참을 운 뒤에 저는 어머니와 유카리의 마음을 충분히 반영해서 앞으로의 치료 방법을 정하겠다고 약속했습니다.

그러나 그것 말고도 걱정은 또 있었습니다. 어머니와 취직을 앞둔 언니가 재택 간호로 인해 너무 지치게 될 것이라는 사실이었습니다.

어떤 시기에 재택 요양으로 전환해야 될지 정확히 판단하는 것은 어려운 일입니다. 유카리와 가족들의 생각, 치료 효과 등 모든 것을 균형 있게 고려한 후 결정해야 합니다. 살면서 정답이 보이지 않는 일도 있는 것 같습니다.

H선생님이 물으셨습니다.

"지금 가장 큰 문제는 폐렴이에요. 그러나 이것을 완전히 치료하자면 퇴원은 힘들 것 같네요. 입원하셨을 때의 장점은 검사 결과를 상세하게 확인하면서 치료할 수 있다는 것이고, 재택 요양의 장점은 유카리가 편안하고 웃는 얼굴로 지낼 수 있다는 점. 그렇지만 급박한 순간이 오면 위험해지겠죠. 부모님은 앞으로 어디서 치료할 것인지 결정하셨는지요?"

"딸의 기분이나 마음 상태를 배려해 주고 싶어요. 불안이나 치료로 인한 고통이 없는 시간을 조금이라도 길게 가져가고 싶네요."

부모님은 재택 치료를 받겠다고 결정하신 것 같았습니다.

'이제부터가 진정한 의미의 고생이 시작되는 유카리의 가족이 집에서 안심하고 요양할 수 있도록 잘 도와드려야겠어.'라고 저는 마음속으로 다짐했습니다.

🍂 부모님의 망설임

그런데 이게 무슨 일입니까? 다시 재택 요양에 들어간 지 불과 열흘 만에 유카리는 췌장염에 걸려버리고 말았습니다. 다시 입원할 수밖에 없었습니다.

"역시 집이 최고예요."라며 간신히 되찾은 웃음을 보자마자 일어난 일입니다. 그뿐 아니라 이번 입원 중에는 두 번 다시 방문 간호를 할 수 없게 되는 것이 아닌가 하고 생각하게 한 사건이 있었습니다.

입원하고 일주일이 지났고 췌장염에 대한 치료 효과가 나타나기 시작했습니다.

'좋아. 좋아. 이 정도 되면 다시 재택 요양을 해도 되겠는걸.'이라며 내심 안심하고 있던 때에 부모님과 H선생님과 대화가 있었습니다.

H선생님이 현재 상태와 지금까지의 경과를 종합해 보면 유카리가 지금이 재택 요양으로 전환 가능한 마지막 기회라고, 부모님의 생각을 존중하면서 설명하셨습니다.

저는 '다시 집에서 간호할 수 있겠구나.' 하고 여러 가지 생각을 하고 있었습니다. 그러나 어머니가 의외의 말씀을 하셨습니다.

"부모로서 하루라도 길게 딸아이의 생명을 붙잡아 두고 싶어요. 그래서 계속 입원시키고 싶어요."

저는 머리를 한 대 얻어맞은 것 같은 느낌이었습니다. 부모님은 유카리의 병과 죽음을 수용하고 있고, 그것을 전제로 무엇이 가장 필요한지를 충분히 생각하고, 재택 요양을 선택한 것이라고 쉽게 해석했던 제 자신이 부끄러워졌습니다.

동시에 그녀에게 남겨진 시간을 집에서 행복하게 지낼 수 있도록 방문해서 간호해온 지금까지의 일들이 부모님의 생각과는 동떨어진 곳에 있었구나 하고 허무함도 느꼈습니다.

아동이나 청소년의 경우 불치의 병에 걸리는 확률 자체가 낮습니다. 그리고 남겨진 시간을 아이가 바라는 집에서 요양을 하도록 실행할 수 있는 부모는 아주 적습니다. 0.001%라도 가능성이 있으면 그것에 모든 것을 걸고 치료와 생명의 연장을 바란다는 것이 부모의 마음인 것을 저는 왜 생각 못했을까요!

'집에 가고 싶어 하는 유카리의 의사를 최우선으로 받아들이겠다던 각오가 어머니의 진심이 아니었을지도 몰라. 그것은 오히려 딸의 생명을 줄이는 일이니까. 어머니의 진심은 1분 1초라도 제발 더 살아주기를 바라는 것일 텐데. 내 생각이 짧았어. 지금까지 몇 번이나 재발했고 큰 산들을 넘어 와서 부모님이 어느 정도 딸의 죽음에 대해 각오하고 있다고 생각했는데 그게 아니었어. 큰 산을 넘어왔다는 것 때문에 더욱 삶의 가능성에 기대는 것이야. 이번 산도 넘어주길 바라면서 말이야……'

생각하면 생각할수록 어머니의 가슴 깊은 곳에 감추어진 슬픔을 이해하지 못했던 나에게 화가 났습니다. 일단 어머니의 마음을 존중해서 계속 입원하고 상태가 좋을 때 외박을 허용하는 쪽으로 정하고 방문 간호는 중지되었습니다. 그날 밤 저는 무력감으로 잠을 잘 수가 없었습니다. 대화가 있고 며칠 후 유카리가 외박하기 직전에 어머니가 찾아오셨습니다.

"전에 딸아이 문제로 이야기 나눴을 때 너무 혼란스럽고 정신이 없어서 제 생각만 일방적으로 말해버렸네요. 나중에 혼자 조용히 생각해보니까 딸의 마음이 더 우선이 되었어야 했던 건데 라며 후회했어요. 딸은 집으로 돌아가 방문 간호를 받는 것을 가장 원해요. 마지막까지 포기하기는 싫지만, 집에서 지내고 싶습니다. 그 아파트에서 네 식구가 모두 모여 있는 것만으로도 딸에게는 소중한 시간이 될 거예요. 저희 외박 나가면 H선생님께 말씀 좀 드려주세요.”

어머니는 차분히 한마디 한마디 침착하게 말씀하시고 나가셨습니다. 저는 가만히 어머니가 마음을 정리해가는 말들을 듣고 있었습니다. 그 후 2주간 몇 번이고 부모님의 마음을 확인하면서 다시 재택 요양을 할 수 있도록 준비해 나갔습니다. 그리고 열일곱 번째 생일 전 날! 유카리는 웃는 얼굴로 ‘퇴원’이라는 큰 선물을 받게 되었습니다.

🍎 디즈니랜드의 불꽃놀이를 보러가고 싶어

이번 재택 요양에서는 방문을 주 3회로 늘렸습니다. 유카리는 병의 진행에 비하면 놀랄 정도로 안정되어 있었습니다. 하지만 검사 결과에서는 병의 악화가 보여, 번번이 수혈을 하거나 매일 항생물질을 투여할 필요가 있었습니다. 그래도 그녀는 하고 싶은 것에 대한 희망을 놓지 않았습니다.

7월의 마지막 날, H선생님의 왕진이 있었습니다. 그녀는 식욕이 전혀 없고 메스꺼움도 느끼고 있어 괴로운 듯한 얼굴이었습니다. 수혈은 저녁 일곱 시를 지나서야 겨우 끝났습니다.

열이 있는데도 불구하고 유카리는 “디즈니랜드에 불꽃놀이 보러 가고 싶어요. 오늘 안 가면 다시는 못 갈 거예요.”라고 H선생님에게 부탁했습니다. 그녀의 말에 부모님의 가슴은 미어지는 것 같았습니다. 유카리가 자기가 하고 싶은 것을 말하는 것은 드문 일이어서 들어주고 싶었지만 지금 몸 상태로는 도저히 불가능하다고 생각했습니다.

H선생님도 조금 더 상태가 나아지면 그 때 가도록 하자고 했습니다. 그러나 유카리는 이번에는 양보하지 않습니다.

"오늘로 불꽃놀이가 끝나요. 저도 몸이 좋아지길 기다렸지만 이제는 오늘뿐이에요. 오늘밖에 없어요."

그 누구도 내년이 있다고는 대답하지 못합니다. 그녀는 진지했습니다. 짧은 침묵이 흐른 뒤였습니다.

"좋아. 가도록 하지. 늘 열심히 치료에 협조해 주고 있으니까 말이야. 디즈니랜드는 여기서 가깝기도 하고."

H선생님의 시원한 대답에 그녀는 금방 얼굴이 밝아졌습니다. 황급히 외출 준비를 마쳤고, 곧바로 출발했습니다.

불과 15분 정도. 꼭 보고 싶어 했던 불꽃놀이입니다. 차를 타고 가면서는 토하고 힘들어 하던 유카리였는데 디즈니랜드에 도착하자마자 거짓말처럼 생기 넘치는 밝은 얼굴로 변했습니다.

가만히 밤하늘을 수놓는 불꽃을 바라보고 있었습니다. 그녀는 무엇을 생각하고 있었을까요. 겉으로 보기에는 아무 생각 없이 불꽃의 화려함과 아름다움에 취한 듯 보였습니다.

유카리가 만약 입원해 있었다면 지금의 몸상태로는 외출은 고사하고 병실에서 나오는 것조차 무리였을 것입니다. 그런데 그녀는 원하던 디즈니랜드에 갈 수 있었습니다. 그것이야말로 말 그대로 재택 요양만

이 줄 수 있는 무엇과도 바꿀 수 없는 '가치'라고 생각합니다. 이성적으로, 현실적으로 판단해 봐도 안 되는 것이 당연한데 말로 표현할 수 없고 설명할 수 없는 일이 일어나고 현실이 되어 있습니다. 저는 이것 때문에 재택 요양을 계속 하고 있는 것이라고 생각합니다.

8월이 되어도 그녀는 호전되지 않았습니다. 치료의 부작용으로 구강염이 심해지고, 열도 계속 높은 상태였습니다. 식사뿐 아니라 수분 섭취도 못하게 된 건 그 달 중순이었습니다.

한밤중에 어머니로부터 호출이 있었습니다.

'입원해야 하는 일이라면 어쩌지.'하고 두근거리는 마음으로 전화를 드렸습니다. 어머니가 받았습니다.

"항상 밤늦게 죄송해요."

"아니에요. 유카리가 지금 상태로 저렇게 안정될 수 있던 것은 집에 있기 때문이라 생각해요. 어머니도 아버지도 걱정이시겠지만, 모두가 곁에 있어 주는 것이 가장 중요해요. 침착하게 지켜봐 주도록 하세요."

"이제 괜찮아요. 이전 입원에서 깨달았으니까, 더 이상 헤매지 않아요. 딸아이에게 있어 집이 얼마나 좋은지도 충분히 알고 있어요. 의외로 침착하게 보고 있을 수 있는 거 있죠. 저도 남편도. 이렇게 이야기를 하고 나면 아주 후련해요. 고마워요."

그 다음 날은 도망가고 싶은 가장 힘든 방문이었던 것으로 기억하고 있습니다. 유카리의 상태는 이제껏 봐왔던 중 가장 심했습니다. 구강염의 통증으로 말을 할 수도 없었고, 피가 섞인 침이 입에서 줄줄 흐르고 있었습니다. 저와 어머니와 언니가 교대하며 티슈로 침을 닦아냈습니다. 말로 할 수 없는 슬픈 마음이 아픔이 되어 제 속에서 요동치고 있었습니다.

갑자기 '엉엉' 하고 울어버리는 그녀를 보고 함께 주저앉고 울고 싶었습니다.

"울어도 돼. 울어. 잘 하고 있으니까."라는 어머니의 말에 '나도 도망치지 말고 유카리의 싸움을 지켜봐 줘야 해.' 하고 마음속으로 다짐에 다짐을 했습니다.

다음 번 방문 때의 일입니다. 아버지가 병원에 링거 병과 약 등을 타러 오셨기에 아버지의 차로 함께 집으로 향했습니다. 이전에도 이후로도 아버지의 마음을 단둘이서 차분히 들을 수 있었던 것은 그 때뿐이었습니다.

"딸아이가 가장 바라는 것을 해 주고 싶어요. 그것은 집에서 지내면서 방문 간호를 받는 것이니까……. 처와 저도 더 이상 병이 나아질 가망이 없다고 마음속으로는 생각하고 있어요. 그래서 가능한 행복하게 살다 갈 수 있도록 해 주고 싶네요. 슬퍼하기보다 마지막에 잘 견뎠구나 하는 말을 해줄 수 있도록 말이죠."

"언니는 지금까지 멍하니 아무것도 할 수 없었는데 요즘에는 잘 도와주고 있어요. 취직이 예정되어 정말 잘 다행이기도 하구요. 만약 정해지지 않았다면 동생의 일과 자신의 진로에 대한 고민으로 몹시 힘들어했을 텐데요."

"처는 잠이 좀 모자라지만 병원에서 붙어있던 때보다는 정신적으로 훨씬 덜 피로할거라 생각해요."

"유카리는 입속이 몹시 아플 거예요. 배도 고플텐데……."

띄엄띄엄 말을 꺼내시는 아버지의 마음속을 조금이나마 엿본 느낌이었습니다. 간병의 중심은 그녀에 대해 가장 잘 이해하고 있는 어머니겠지만, 그것도 아버지가 계시기에 가능한 것이라고 느껴지며 아버지의 존재를 새삼 확인할 수 있는 기회였습니다.

그해 한여름의 더운 날들은 '어쩌면 이제 끝일지도 몰라.' 하는 생각에 붙잡힌 가장 불안한 나날이었습니다. 그러나 유카리는 조금씩 기운을 찾아 갔습니다. 살고 싶다는 긍정의 힘과 가족의 사랑이 그녀에게 집중되면서 그렇게 된 것이라고 생각합니다.

🍎 마지막 디즈니랜드

두 번째 퇴원 후부터는 하루 종일 링거를 맞고 있어야 했기에 외출 기회가 거의 없었습니다. 9월로 접어들자마자 H선생님의 왕진 때 유카리는 또 "디즈니랜드에 가고 싶어요."라고 부탁했습니다.

'갈 수 있을까?'라는 망설임은 누구에게도 없었습니다. 그녀가 간다고 하면 갈 수 있는 거라고 당연히 생각했습니다. 며칠 후 디즈니랜드 나들이가 결정되었습니다. 그리고 그것은 유카리의 마지막 디즈니랜드였습니다.

그날 그녀는 들떠서 살짝 파란 아이섀도와 핑크색 립스틱을 바르고 탈모가 있었기에 보브컷[6] 가발을 쓰고 아주 세련된 모습으로 변신했

---

6) 보브컷 : 단정하고 깔끔한 스타일. 보브라는 뜻은 일자단발이라는 뜻이다.

습니다. 제일 처음 향한 곳은 당시 막 새로 생긴 스플래쉬 마운틴^{Splash} Mountain[7]이었습니다. 휠체어는 우선 대우를 받아 가장 앞에 탈 수 있었습니다. 바로 옆 자리의 특권은 저에게 주어졌습니다.

'이런 과격한 놀이기구를 타서 혹여 머리라도 부딪힌다면, 피라도 난다면 큰일인데……' 하고 저는 내심 조마조마했습니다. 그녀의 생긋 웃는 얼굴을 저는 얼어붙은 표정을 하고 어색하게 바라보고 있었습니다. 사실 편안하게 탈 수 있는 놀이기구는 아니었습니다. 그러고 나서는 퍼레이드를 보고 쇼핑을 하고……

그녀와 어머니, 저와 도날드가 함께 찍은 사진은 지금도 제 소중한 추억의 한 장입니다. 그녀는 침대 속에 있던 때와는 다른 사람처럼 목소리를 높여 깔깔대며 웃었습니다. 활기 찬 모습으로 더 없이 밝은 웃음을 보여 주었습니다.

🌷 이제 잠들어도 돼

디즈니랜드에 간 이틀 후인 일요일 아침에 호출기가 울렸습니다. 아침부터 호흡 곤란 증상을 보인다는 것이었습니다.

'디즈니랜드에 간 것 때문에 피로한 것일지도 몰라. 아니, 디즈니랜드에 갈 수 있다고 생각했기에 견딜 수 있었던 거야. 병 자체의 진행은 무엇으로도 멈출 수 없는 거야.'

상태를 들으면서 이런 것들을 생각하고 있었습니다.

---

7) 스플래쉬 마운틴(Splash Mountain) : 후룸라이드 보트형 놀이기구

다시 이틀이 지나고 새벽 한 시 넘어 호출기가 울렸습니다. 다시 호흡 곤란이 나타났다는 연락이었습니다. 일단 편하게 해 줄 수 있는 체위體位 설명과 산소의 유량을 높일 것을 요청했습니다. 잠시 후 다시 호출기가 울렸고 고통이 더 커졌다는 것이었습니다. 이렇게 되면 모르핀을 사용할 수밖에 없습니다. 이것이 마지막이라고 판단한 저는 필사적이었습니다.

"구급차로 병원에 오면 30분. 선생님과 제가 집으로 가면 두 시간이 걸립니다. 유카리에게 어떻게 하고 싶은지 물어봐 주세요."

유카리는 이렇게 말했다고 합니다.

"H선생님과 오시카와 선생님이 집으로 오신다면 기다릴래."

한밤중인데도 묘하게도 머릿속은 맑았습니다.

'지금까지와는 뭔가 달라. 작별일지도 몰라.'

어떤 복장으로 집을 튀어 나갔는지 기억도 나지 않습니다. 도중에 고속도로에 사고로 정체되는 구간이 있었는데 그대로 차를 두고 뛰어가고 싶을 정도로 초조했습니다. 도착한 것은 새벽 세 시가 좀 지났을 때였습니다. 그녀를 본 순간 '마지막이구나.' 하고 느낄 만큼 상태는 심각해 보였습니다.

바로 모르핀을 링거로 투여하니, 호흡은 눈에 띄게 편해진 듯 했습니다. 그녀는 주위에 있는 가족과 H선생님과 저를 알아봤습니다. 그로부터 아침 여섯 시 정도까지 가족과 함께 그녀의 등을 문지르면서 계속 곁에 앉아 있었습니다. 그녀는 꾸벅꾸벅 졸면서도 때때로 눈을 뜨고서는 가족이 있는 것을 확인하고 안심한 듯 또 다시 잠이 들었습니다. 부모님과 언니는 그녀를 둘러싸고 일거수일투족을 바라보고 있었습니다.

"링거를 가장 싫어했는데……, 뽑아 주시겠어요?" 어머니가 눈물이 고인 채 말했습니다.

'어머니는 이제야 준비가 되신 거야.' 하고 느끼면서 모든 링거를 중지하고 튜브를 제거했습니다.

더 이상 혈압도 재지 않고 그저 가족과 함께 그녀를 지켜보고 있었습니다. 적막한 공간에 오로지 유카리의 숨 쉬는 소리만 들렸습니다.

때때로 가늘게 눈을 떴을 때 어머니가 "넌 웃는 얼굴이 제일 예뻐." 하고 말을 건네니 희미하게나마 미소를 지어 주는 것 같았습니다. 저도 모르게 같은 말을 했는데 그녀가 이번에는 뚜렷하게 웃음을 보여 주었습니다. 그것은 저의 착각이 아니라 정말 뚜렷하게 웃음 지어 보였습니다.

모두 눈물이 글썽한 눈으로 손과 발, 어깨를 어루만지며 조용하고 차분하게 그녀를 지켜보고 있었습니다. 오전 열 시 넘어서부터는 말을 걸어도 거의 대답도 없었고 곧 이어서 마지막 단계에서 보이는 하악호흡下顎呼吸[8]이 보이기 시작했습니다.

의료인으로서 마지막까지 지켜보겠다는 저 자신의 의지에도 불구하고 뭔지 모를 중압감에 눌려, 눈물로 그녀가 보이지 않을 정도였습니다.

"애썼다. 조금 쉬자꾸나. 이제 잠들어도 된단다."

---

8) 하악호흡(下顎呼吸) : 임종이 거의 되었을 때 아래턱을 아래위로 움직이면서 하는 호흡

부모님은 이 말을 반복했습니다.

잠시 후 이것을 들은 것처럼 유카리는 생을 마감했습니다. 마지막 디
즈니랜드 나들이로부터 4일 후의 일이었습니다. 부모님도 언니도 흐트
러짐 없이 마지막까지 그녀를 따뜻하게 지켜주었습니다. 슬픔은 계속
남아 있겠지만, 후회는 없을 것입니다. 그들은 최선을 다했으니까요.
어머니와 언니가 유카리가 맘에 들어 한 예쁜 감색 원피스를 입혔습니
다. 곁에는 디즈니랜드에서 산 인형과 소품들이 놓였습니다.

그 후 가족과 함께 눈물을 흘리면서 때로는 웃기도 하면서 그녀와의
추억을 이야기할 수 있었습니다.

아버지는 "전혀 고통스럽게 보이지 않아서…… 정말 다행이예요."라
고 했고, 저는 "마지막이 저렇게 평온했던 것은 유카리가 지금까지 애
써왔던 것에 대한 하나님의 선물일거에요."라고 진심으로 대답했습니
다.

어머니는 "어떻게 이렇게 차분히 이야기할 수 있고 농담도 할 수 있
을까요……."라고 말씀하셨고, H선생님은 "분명 충분히 해주었기 때
문이겠지요."라고 답하셨습니다.

"언니도 애 많이 썼구나. 어릴 적부터…… 언니가 있었기에 유카리도
힘낼 수 있었을 거야."라고 제가 말하니 언니는 눈물을 머금고 고개를
끄덕였습니다.

길고 긴 유카리의 싸움은 겨우 끝이 났습니다. 디즈니랜드에 가는
것. 그것은 그녀에게 있어 살아있음의 증거였습니다.

재택사在宅死를 경험하다

이런 식의 죽음이 있었구나 하고
새삼스럽게 생각하게 되네요.
저희도 이런 식의 마지막을 생각해보고 싶어요.
(87세 · 남성)

사람을 만난다는 것

만남은 새로운
시작을 의미합니다.
그러나 어떤 만남은
이별을 위한 것이 되기도
합니다.

N선생님으로부터 방문 의뢰가 온 건 지금 일하는 병원에 재취업하고 3개월이 되었을 때였습니다.

"81세 할아버지인데, 병원이 싫은 모양이에요. 가족도 완치될 가망이 없다면 집에서 모시고 싶다고 하니까 마지막이 가까울 때까지 집에 있도록 해 주고 싶어요. 방문 잘 부탁해요."라며 요청을 하는 것이었습니다.

저는 그 당시 조금 주위를 의식하여 지금까지 해 온 간호 업무 경험을 병원에서 충분히 살리지 못하고 의욕만 넘쳐 있었습니다. 곧바로 입원 중인 미우라 할아버지의 병동으로 발걸음을 옮겼습니다. 할아버지는 3개월 동안 소변이 전혀 나오지 않아 긴급하게 입원을 했습니다. 방광에 구멍을 뚫고 직접 관을 삽입해서 소변을 빼는 방광루膀胱瘻[1]를 만들었습니다. 그때 방광의 조직 일부를 떼어 검사하니 방광선암膀胱腺癌[2]이었습니다. 방광선암이라는 진단을 받은 후 할아버지의 상태에 대해 자세한 검사가 예정되어 있었지만, 할아버지의 거부로 중지되어 그대로 퇴원하였습니다.

그런데 일주일 전에 탈수와 혈압저하로 미우라 할아버지는 다시 입원하게 되었습니다. 이번에도 할아버지는 집에 가고 싶다고 강력하게

---

1) 방광루(膀胱瘻) : 질병이나 사고 등으로 소변을 원활하게 배설할 수 없을 때 방광으로부터 직접 소변을 뽑아내기 위해 뚫어놓은 구멍
2) 방광선암(adenocarcinoma of bladder, 膀胱腺癌) : 방광의 선암. 치료는 주로 수술이며 방사선 요법, 화학요법, 면역 요법 등이 이용되고 있다. 예후가 좋지 않은 암이다.

희망했습니다. 할아버지의 증세로 보아서 계속 입원하게 되면 아마 살아서 퇴원할 기회가 없을 것이라고 판단한 N선생님이 퇴원을 허락했습니다.

병실의 창가 오른쪽에서 두 번째 침대에 할아버지는 누워있었습니다. 컨디션이 나쁘고 식욕이 없기 때문인지 그렇지 않으면 원래 그런 것인지, 뼈와 가죽만 남아 지금이라도 무너질 것 같은 표정이었습니다. 게다가 빈혈 탓인지 안색도 몹시 좋지 않았습니다.

짧은 몇 초가 흐르고 상상한 것보다 상태가 더 나쁜 것처럼 보여 당황한 나는 말을 걸지 못하고 할아버지만 바라보고 있었습니다. 그렇게 잠깐의 시간이 흐른 후 마음을 가다듬고 말을 걸어 보았습니다.

"미우라 할아버지, 처음 뵙겠습니다. 오시카와라고 합니다. 퇴원 후에 집으로 찾아뵙고 소변관 교환이나 간병 방법을 가족에게 가르쳐 드리거나 하면서 간호하게 될 예정입니다. 잘 부탁드립니다."

"잘 부탁해요. 빨리 집에 가고 싶어."라며 표정도 바꾸지 않고 무뚝뚝한 대답이 돌아옵니다.

🍎 퇴원직후의 긴급방문

할아버지는 방광에 직접 구멍을 뚫어서 관을 넣어 소변을 처리하고 있습니다. 종양이 커져 있기 때문에 방광 용량이 없다시피 합니다. 그 탓에 소변이 관 주변으로부터 꽤 새어 나옵니다. 주위의 피부가 소변의 자극으로 짓무르지 않도록 피부보호판을 사용하기로 했습니다.

그 관리법은 방문할 때마다 할머니와 큰며느리에게 조금씩 가르쳐 나갈 예정이었습니다. 퇴원 후 4일째 되는 날이 그 피부보호판을 교환할 예정일이었기 때문에 그 날에 첫 방문을 약속했습니다.

방문 전 날! 할머니로부터 전화가 왔습니다.

"보호판이 녹아서 소변이 새고 난리가 났어요!"라고 하는데 몹시 당황한 모양입니다. 예정을 앞 당겨 곧바로 방문하여 아내와 큰 며느리에게 처치법을 가르치면서 피부보호판을 교환했습니다.

할아버지는 자영업을 하고 있었는데 주로 할머니가 간병하셨고 낮에는 장남 부부가 가게에 와서 일을 하고 있었습니다. 장남 이외에도 딸이 둘 있었는데 모두 시집 간 터라 자주 와서 도울 수는 없는 상황이었습니다.

아침에 왔던 할머니의 급한 전화는 장남 부부가 아직 오지 않은 시간이라 더 불안해져서 연락하신 것 같았습니다. 할머니는 제가 곧바로 달려가니 그제야 한시름 놓은 표정이었습니다. 다행히도 병원에서 할아버지 댁까지는 뛰어가면 5분 안에 도착할 수 있는 거리입니다. 그 날은 방문을 간단히 마치고 약속대로 다음날 충분히 시간을 가지고 다시 방문하기로 했습니다.

다음날 방문하니 할아버지는 한결 밝은 표정으로 "컨디션이 좋아. 집에 있는 게 좋네."라는 말로 저를 맞이해 주셨습니다.

할머니는 "전에는 제일 힘들었던 게 소변이 새면 잠옷까지 다 젖으니까 세탁을 몇 번이고 해야 했었는데 피부보호판을 쓰고부터는 새는 양도 적어서 덜 힘들어. 식욕도 집에 있는 편이 더 좋은 것 같고…. 그런데 컨디션이 좋다고 해도 침대에 누워만 있다는 게 좀 걸리긴 하지. 식사는 앉아서 하지만 30분 정도 있으면 피곤해지는 모양이야. 화장실에 볼 일 보러 갈 때는 내가 부축해서 왔다 갔다 하고…. 아들 부부가 아주 많이 도움이 돼. 힘들 텐데 군소리 안 하고 도와주니까 고맙지 뭐. 그래도 항상 곁에 있는 사람은 나니까 내가 건강해야지. 안 그렇겠수? 그래서 건강검진도 잘 받고 일주일에 두 번 어깨랑 허리랑 치료 받으러 다니고 그래."

할머니는 제가 묻기도 전에 지금까지의 일이나 할아버지의 상태를 비롯해서 자신의 건강상태까지 줄줄이 이야기해 줍니다.

할아버지가 과묵하고 말이 많지 않은 것에 비해 할머니는 할아버지의 말까지 다 맡아 대변해주는 것을 보면서 다시 한 번 부부에 관해 생각해 봅니다. 부부란 서로 부족하거나 모자란 것을 채워 균형을 잘 잡아주는 저울 같다고 할까요? 갑자기 웃음이 나올 것만 같아 꾹 참고 있었습니다.

그러나 할머니는 너무 열심히 간병을 하려는 탓에 가끔 공황 상태가 되거나 숨이 차서 헐떡일 때도 있었습니다. 장남 부부가 적극적으로 참여해서 능수하게 간병할 수 있게 되면 참 좋겠다는 생각을 하며 병원으로 돌아왔습니다.

그로부터 약 한 달 정도는 주1~2회 정기방문을 하면서 아내와 큰 며느리에게 관의 관리와 피부보호판의 교환법을 중심으로 설명해 나갔습니다. 덕분에 제가 방문하지 않는 날이라도 아내와 큰 며느리가 협력하면서 피부보호판 교환을 할 수 있게 되었습니다. 장남에게는 몸

전체의 이상을 확인하는 법을 중심으로 설명해 갔습니다. 어느 날 장남이 질문을 했습니다.

"요즘 2~3일 동안 저녁에 열이 37.8도여서 탈수증상이 생기지 않도록 수분을 조금 많이 공급했는데요. 열은 어느 정도가 되면 병원에 연락해야 되나요?"

상황을 정확히 파악하고 해결하려고 하는 장남의 판단력과 냉정함에서 가족 모두가 자신의 역할을 착실히 감당하고 있다는 것을 알게 되어 재택 요양이 그럭저럭 정상 궤도에 오른 것을 실감했습니다.

외래에서 수혈

미우라 할아버지는 빈혈이 있었기에 입원했을 때부터 수혈을 몇 번이고 했습니다. 그래서 재택 요양이 궤도에 오른 후의 가장 첫 문제는 빈혈이었습니다.

장남은 의사가 분명한 사람으로, 아버지가 바라는 재택 요양을 가능한 한 계속하고, 아버지의 의식이 없어지면 그때 입원시키고 싶다고 했습니다. 다른 가족들도 그것에 동의하고 있었습니다.

할아버지도 가족도 적극적인 치료는 바라고 있지 않았습니다. 다만 자택에서 조금이라도 더 편하게 지낼 수 있는 상태를 유지하려면 빈혈을 개선시키는 치료, 즉 수혈이 필요했습니다.

그러나 병원을 싫어하는 할아버지가 입원을 원하지 않으면서 외래 수혈에 동의해 줄지가 걱정이어서 할아버지에게 수혈을 가능하게 하는 최선의 방법을 찾아야 하는 것이 급선무였습니다. 이것이 잘 해결되지 않을 경우 큰 문제가 될지도 모른다는 예감이 들었습니다.

우선 정기적으로 혈액검사를 하면서 빈혈과 관련된 첫 번째의 수혈에 관하여 할아버지와 가족에게 이야기했습니다. 퇴원 후 3주가 지난 때였습니다.

빈혈 때문인지 할아버지는 자주 나른함을 호소했기에 수혈을 통하여 나른함이 줄어들 수 있을지도 모른다고 설명했습니다.

할아버지는 "입원이 아니라면 가도 괜찮아."라고 대답했습니다. 정말 병원을 극도로 싫어하는 걸까요? 아마 집이 주는 편안함과 포근함을 병원에서는 느낄 수 없기 때문이라는 생각이 듭니다. 가족도 할아버지의 뜻에 동의하고 첫 수혈을 외래로 진행했습니다.

그 직후부터 안색이나 표정에 활기가 나타났기에 "수혈하고 안색이 많이 좋아지셨네요."라며 가족도 수혈의 효과에 대해 긍정적으로 평가했습니다.

그로부터 약 한 달 후에 다시 빈혈이 심해졌기에 수혈을 권해 보았습니다. 할아버지는 조금씩 쇠약해져 가는 상태에서 "아들과 처에게 물어봐 줘. 병원에 데리고 가 주는 것은 아들이니까."라고 대답했습니다. 조금씩 삶에 대한 체념이 생긴 것인지, 가족들의 고생에 대해 부담을 느끼고 있는 것인지…. 많은 말을 하지 않는 할아버지입니다.

가족들은 '수혈이 아무런 의미 없이 연명延命만을 위한 치료가 되어 버리는 게 아닌지?'라는 의문을 갖기 시작했습니다. 저도 가족과 같이 망설였습니다만, 이대로 수혈을 하지 않으면 금세 심장이 지쳐버리게 됩니다. 후회하지 않기 위해서도 한 번 더 수혈을 하여 할아버지와의 남겨진 시간을 지내는 쪽이 좋지 않겠느냐고 가족을 설득했습니다. 여러 가지를 의논한 끝에 두 번째 수혈도 외래로 결정되었습니다.

🍎 가족의 간병 피로

재택 요양을 시작하고 한 달 정도가 지났을 때, 할아버지는 통증을 호소하기 시작했습니다. 워낙 인내심이 강한 분이었기에 그동안 상당히 강한 통증이 계속되었을 거라 생각합니다. 즉시 N선생님과 상의하여 정기적으로 진통제를 드시도록 조치하였습니다. 약의 효과는 곧바로 나타났습니다. 그러자 통증을 호소하는 일이 없어지고 상태는 차차 안정되었습니다.

하지만 반대로 가족, 특히 할머니가 간병으로 인한 피로를 호소하게 되었습니다. 진통제를 사용하기 전 2~3일간은 할아버지가 밤에 통증과 나른함으로 가만히 있지 못하는 상태였습니다. 할머니가 침대에서 일으키거나 눕히거나 쓰다듬어 주어야 했기에 체력적으로도 한계에 이르러 녹초가 된 듯 보였습니다.

통증 문제가 해결된 후에 두 번째 수혈 때입니다.

"더 이상 할아버지가 나빠진다면 집에서 간병을 계속하는 것에 대해 자신이 없어. 앞으로도 계속 같은 상태라면 정말 모르겠어. 도대체 언제까지 이래야 하는 건지……."

끝이 보이지 않는 간병입니다. 그렇게 하소연하는 할머니에게 예측

할 수 없는 불안이나 스트레스가 있는 것이 느껴집니다. 방문을 처음 시작할 때의 할머니는 말씀도 많이 하시고 활동량도 많아서 곁에만 있어도 삶의 의욕과 열정이 느껴질 정도였습니다.

그러나 상황이 이렇게 되니 피곤한 얼굴을 하고 있는 때가 많아지고 허리가 아프면서도 병원에 갈 기력조차 없어지는 등 본인의 하소연이 더 많아졌습니다.

"저도 앞으로 어느 정도라고 확실히 말할 수 없네요."

재택 요양을 시작하고 2개월 정도 할아버지의 상태를 보고 있자니 얼마나 오래 생명을 유지할 수 있는지는 판단할 수 없었습니다.

그런 대화가 오가는 줄 모르는 할아버지는 가족의 기분을 염려해서인지 "견딜 만해. 집은 정말 좋아. 대접도 좋고, 식사도 맛있고……."라고 집에 있는 것이 최고라는 것과 가족이 잘 해줘서 고마워하고 있다는 것을 애써 나타내려고 하는 듯 보였습니다.

재택 요양을 시작하면 준비된 환자의 마음가짐이 중요합니다. 그러나 더 중요한 건 환자와 함께 보내는 가족들입니다. 재택 요양은 언제 끝날지 아무도 모릅니다. 그렇기 때문에 함께 보내는 가족들의 정신적·육체적으로 잘 준비되어 있어야 합니다.

저는 어떻게든 얼마 남지 않은 시간을 가족이 힘을 합쳐 끝까지 가길 바라는 마음으로 장남 부부와 몇 번이고 의논했습니다. 할머니가 너무 힘들어 하서서 일주일에 2~3일은 며느리가 전담해서 간병하기로 하고 대신 할머니는 쇼핑 등의 외출을 통해 쌓인 스트레스를 풀도록 하기로 했습니다. 또 장남은 밤늦게까지 아버지 댁에 있으면서 돕기로 결정했습니다.

　저도 조금이나마 도움을 주고자 방문 횟수를 늘려 할머니와 장남 부부의 하소연을 들어주고 위로하면서 할아버지에게 있어서 '집에 있을 수 있는 것'이 가장 행복한 것임을 가족과 확인해 나갔습니다.

　가족이 함께 뜻을 모아 노력한 끝에 할머니는 극에 달했던 피로를 극복해내게 되었습니다.

✿ 마지막 의논

　7월이 되면서 재택 요양도 두 달 반이 지났습니다. 더위는 할아버지의 체력에 좋지 않은 영향을 주기 시작했습니다. 식욕도 저하되었고 침대에 앉아 있는 것도 힘들어 했습니다. 빈혈도 한층 더 진행되었습니다.

　이번에는 할아버지가 "통증은 괜찮아. 약도 이대로가 좋아. 수혈은 더 이상 싫어. 집에 있는 편이 좋아."라고 분명하게 자신의 의지를 나타냈습니다.

　할머니는 다시 피로가 나타나기 시작했습니다. "이제 어떻게 하면 좋을지 잘 모르겠어. 아들과 상의하지 않으면…. 난 각오하고 있어요. 이제 충분해. 열심히 했다고 생각해."라고 했습니다.

　아들은 "수혈하러 모시고 가는 것도 체력적으로 어려워요. 집에서 요양하는 것은 이제 한계인가요?"라고 앞으로 어떻게 하는 것이 아버지나 가족에게 있어 좋은 것인지, 고민하고 있는 듯 했습니다.

'한계에 도달하면 입원'이라는 최초의 방침에서 본다면 지금이 입원해야 할 적기라고 생각되었습니다. 그러나 한편으로는 '할아버지의 의식이 이렇게 분명한데 가장 싫어하는 입원을 한다는 것은 이제껏 노력해 온 가족에게 있어 나중에 큰 후회를 남기게 하는 것이 아닐까?' 하는 생각도 들었습니다.

할아버지의 가족과 몇 번이고 의논을 거듭했습니다. 상태를 생각하면 급히 향후의 방침을 결정하지 않으면 안 되는 상황이었습니다. 시간은 별로 없었습니다. 퇴원 후 딱 3개월이 경과할 즈음 N선생님과 할아버지와 할머니, 아들 부부와 마지막 의논을 하게 되었습니다.

저는 그 전에 미우라 할아버지의 마음과 현재 상태, 할머니, 장남 부부, 딸들 각자의 마음을 제가 이해한 범위 내에서 N선생님에게 보고했습니다. 그리고 가족이 원한다면 마지막까지 집에서 간병하는 것이 최선의 방법이 될 수 있다고 판단하고 그렇게 해도 되는지 N선생님과 상의했습니다.

재택사在宅死는 누구든지 자기 집에서 죽음을 맞이했던 옛날과 같이 당연한 일은 아닙니다. 실현하기 위해서는 충분한 준비가 필요합니다. 제게 있어서도 미우라 할아버지의 경우가 처음이었습니다.

가족이 함께 마지막까지 지탱해 나갈 수 있을지 어떨지는 판단할 수 없었으므로 불안감은 여전했습니다. 그러나 몇 번이고 함께 대화를 나누면서 할아버지의 '집에 있고 싶다'는 희망과 아들의 '의식이 있는 한 본인의 바람대로 재택 요양을 계속하고자 한다'는 마음을 확인한 후 재택사가 가장 좋은 선택인 것은 분명해 보였습니다.

하지만 그것만으로 재택사가 결정되는 것은 아닙니다. 거기에는 주치의인 N선생님의 재택사에 대한 생각이나 의사로써의 가치관, 윤리관도 크게 작용하게 됩니다. 결국 N선생님의 결정이 없으면 아무것도 할 수 없게 됩니다.

N선생님이 조용히 제 이야기를 들은 후, "잘 알겠어요. 미우라 할아버지도 집에서 마지막까지 봐 준다면 그것이 최선이겠군요. 가족만 괜찮다면 나도 준비하도록 할게요."라고 조용했지만 분명하게 대답해 주었습니다.

지금도 잊을 수 없습니다. 제 마음속에서 '재택 간호'란 것을 제 평생 직업으로 확신하게 된 것도 바로 이때였습니다. 다음날, 마지막 의논을 하였습니다. 미우라 할아버지의 딸들로부터는 입원시키는 것이 안심이라는 의견도 있었지만, 실제로 할아버지 곁에서 간병해 온 할머니와 장남 부부는 입원하지 않고 집에서 마지막까지 보며, 수혈도 앞으로는 하지 않고 고통을 최소화하는 치료로 할아버지의 생명을 하늘에 맡기고 자연스럽게 간병하기로 결정했습니다.

가족들끼리 의견이 잘 맞았던 것도 아니고 그렇게 결정하기까지 상당한 마음의 준비도 필요했을 것이라고 생각합니다. 가족은 어렵고 힘든 결정을 내린 것이었으니까요.

주치의가 부재중인 경우에는 홈 닥터^{home doctor}3)가 대신 주치의 역할을 할 수 있도록 N선생님께서 직접 조정해 주셨습니다.

가족의 표정은 상기되어 있었습니다. 저도 동일하게 긴장하며 치료

---

3) 홈닥터 : 가정의(family doctor) 가족의 모든 병을 지속적으로 진료하고 상담하는 의사

에 참여했습니다. 불안했지만 할아버지가 가장 평온하게 삶을 마감할 수 있는 방법임을 생각하고 치료하면서, 할아버지를 둘러싼 가족과 의료팀이 하나가 되어가고 있음을 느꼈습니다.

저는 할아버지의 지금까지의 살아온 모습을 재택 요양을 통해서 보고, 어느새 인간적인 매력에 끌리게 되었습니다. 과묵하고 말수 적은 할아버지였지만, 인내심이 강하고 제가 방문할 때마다 고통스러울 때라도 "신세지고 있네. 일부러 이렇게…. 수고 많네. 괜찮아. 컨디션 좋아."등 힘들게 말을 하면서 마음을 써 준 다정함이 저에게 큰 힘이 되었습니다.

🍏 할아버지의 마지막

예상보다도 빨리 끝이 찾아왔습니다. 가족과의 마지막 의논을 하고 3일이 지난 아침 아들로부터 전화가 왔습니다.

"평소와 달라요. 상태가 이상해요. 대답은 하시긴 하는데……." 늘 침착한 장남의 목소리가 흥분되어 있었습니다. 좌우간 긴급히 혈압계와 청진기를 가지고 집으로 달렸습니다.

할아버지는 제 목소리에 눈을 뜨고 손을 들고 OK사인을 해 주었습니다. 혈압은 제대로 측정되긴 했지만 상당히 낮았고, 이미 목소리를 낼 기력도 없어 있었습니다.

'너무 낮은데….'라고 직감하면서도 앞으로 얼마나 버텨줄지!

'모니터라도 있다면 편할 텐데…….'라고 무심코 반년 전까지 모니터에 둘러싸인 병동에 있던 저의 습성을 벗어버리지 못합니다. 할아버지 주위에 할머니와 며느리가 앉아 각각 손을 붙잡고 열심히 말을 걸고 있었습니다.

그런 중에 장남이 제게 물었습니다.

"아이들을 학교에서 조퇴시키는 편이 좋을까요?"

제게는 답하기 어려운 질문이었습니다. 그러나 이곳에서는 자신의 직감을 믿을 수밖에 없습니다.

"바로 손주들과 불러야 할 분들에게 연락하십시오."

머리로 생각하기 전에 말이 나왔습니다.

'앞으로 얼마나 버틸 수 있을지는 명의라도 모르는 거니까.' 왠지 모를 묘한 대담함이 마음속에 있었습니다.

삼십 분 정도가 지나 손자들이 왔습니다. 모두가 할아버지를 둘러싸고 손이나 발, 몸을 부드럽게 어루만지고 있습니다. 저는 때때로 맥박을 살피는 것 외에는 한 발 물러서서 지켜보고 있었습니다. 그리고 N선생님에게 연락했습니다. 그런데 이게 웬일입니까. 지금 수술 직전이라는 겁니다.

"오시카와! 수술 끝나면 곧바로 달려갈 테니까 조금만 기다려줘요. 내 몫까지 잘 부탁해요!"

N선생님의 격려에 마음이 놓이고 침착함을 유지할 수 있었습니다.

모두 모인 후 몇 시간이 지났습니다. 할아버지는 모두의 부름에 때때로 눈을 뜨고 고개를 끄덕였습니다. 가족의 따뜻한 응원에 필사적으로 반응하려는 듯이 보였습니다. 가족은 모두 할아버지를 둘러싸고 있었습니다. 늘 지켜보고 있던 할머니와 장남 부부는 가장 가까운 곳에서 손을 잡고 말을 걸고 있었습니다. 할아버지의 호흡에 맞춰 숨을 쉬고, 내뱉었습니다. 손자들은 그곳에서 조금 물러서서 "할아버지"라고 부르고 있습니다. 딸들은 발을 쓰다듬으면서 묵묵히 할아버지를 응시하고 있는 것이 인상적이었습니다.

병원에서 최후를 맞이하는 때에는 거의 모든 환자에게 심장의 움직임을 보는 모니터가 연결되어 있었습니다. 말하자면 환자의 곁에 있는 것은 여러 가지 처치를 하기 위한 병원 측의 기기들이거나 의료진들이었습니다. 가족들은 그다음 순서였습니다.

가족이 바로 곁에 가는 때는 환자가 사망한 때로, 그전까지는 의료진의 한 발 뒤에서 눈물을 흘리며 망연히 지켜보고 있거나, 긴급한 경우에는 병실 밖에서 불안히 대기하고 있는 정도일 뿐입니다.

그런데 지금은 반대의 입장입니다. 모니터 장치도 아무것도 없고 약이나 링거 등도 전혀 사용하지 않고 오로지 할 수 있는 것은 묵묵히 곁을 지키는 것뿐. 아무것도 하지 않은 채 방관하고 있는 것은 의료인으로써 얼마나 괴로운 것인지……. 저는 아쉬울 뿐이었습니다. 그러나 한 편으로는 '이것이 인간의 본래의 죽는 방법이 아닐까? 이것이야말로 진정한 재택사의 좋은 점이 아닐까?' 하는 생각이 들었습니다.

순간 온몸에 전율이 느껴지며 첫 재택사의 형용할 수 없는 감동이 저를 휘감았습니다.

간호하는 저에게도 가족의 감정이 전해져 눈앞의 죽음에 마음이 많이 흔들렸습니다. 할아버지는 괴로워하지 않고 눈을 감기 30분 전까지 모두의 소리에 반응하며 가족이 지켜보는 가운데 정말 조용히, 조용히 촛불의 불이 꺼지듯이 영원히 잠들었습니다.

N선생님도 수술이 끝나고 곧장 달려와 주셨습니다. 가족은 담담하게 N선생님께 미우라 할아버지의 최후를 전할 수 있었습니다.

이틀 후 아침 일찍, 출근 전에 미우라 할아버지 집에 분향을 위해 들렀습니다. 아내는 "스스로도 남편을 잘 돌보아 주었다고 만족하고 있어요."라고 큰일을 해내고 난 후의 편안한 표정으로 말했습니다.

장남 부부는 "바라던 죽음을 맞을 수 있어서 만족하셨을 거예요. 저희도 최선을 다했다고 생각하고요. 이런 식의 죽음이 있었구나 하고 새삼스럽게 생각하게 되네요. 저희도 이런 식의 마지막을 생각해보고 싶어요."라고 차분한 목소리로 전해 주었습니다.

저는 재취직 후 이 길을 선택한 것이 잘한 것인지 매일 갈팡질팡하고 있을 때 할아버지를 만났습니다. 만난 후 3개월 동안 할아버지와 가족은 여러 가지를 생각하게 했습니다. 방문 간호를 통해서 재택 요양의 본연의 모습을 좀 더 세심히 살펴봐야겠다는 생각이 들고 방문 간호가 환자에게만 도움이 되는 것이 아니라 가족들에게도 힘이 되고 도움이 될 수 있다는 생각에 자부심이 들고 의욕도 솟았습니다. 그리고 방문 간호를 해나갈 수 있는 용기도 얻을 수 있었다고 감사하고 있습니다.

아직도 미우라 할아버지가 해준 '오시카와, 힘내!'라는 마지막 사인은 마음속에 살아 있습니다.

집에서 죽음을 맞이하다

입원하면 돌아올 수 없다는 것을 알고 있을 거예요.
가능하다면 집에 있게 해 주고 싶어요.

(70세 · 남성)

평정심

담담히
받아들일 수 있다는 것!
세월이 주는
선물 아닐까요?

마츠다 할아버지는 3년 전에 전립선암이 발견되어 호르몬 치료를 받았습니다. 그로부터 1년 반 후에 암의 전이가 심해져 인공항문과 방광에 직접 관을 넣을 방광루를 만드는 수술을 받았습니다. 하지만 그것이 끝은 아니었습니다. 2개월 후 신부전腎不全[1]이 발생해, 오른쪽 신장에 직접 관을 넣어 큰일을 피했습니다.

이 시기에 할아버지의 생명이 얼마 남지 않았다는 것이 아내에게 전해졌고 상담 결과, 재택 요양을 결심하게 되었습니다. 아내의 심정은 복잡했을 것입니다. 입원과 퇴원이 반복되고 서서히 몸이 약해져가는 남편을 애처롭게 지켜봐야만 했기에 말입니다.

그러면서도 지금까지 해왔던 것처럼 최선을 다해 간병하지 않으면 안 되고……. 불안과 두려움을 감당하기 어려우셨을 거라 생각됩니다. 그래도 어쨌든 집으로 돌아간다는 것으로 인해 마음이 놓이기도 했을 것입니다. 퇴원 절차가 끝났다고 연락이 왔습니다. 마츠다 할아버지는 이때 70세. 방광과 오른쪽 신장에 관을 삽입한 채 퇴원했습니다.

"집에서는 느긋하게 지낼 수 있을 거요. 관이 몸속에 두 개나 들어 있어서 그것을 들고 다니자니 모양이 좀 이상하긴 하지요? 그래도 그렇게 거실에서 쉬기도 하니까 뭐 크게 불편하지는 않소. 앞으로 잘 부탁합시다."

---

1) 신부전(renal failure, 腎不全) : 신장기능에 이상이 생겨 혈액 속의 노폐물을 제대로 걸러내거나 배출하지 못하는 현상. 이렇게 되면 혈액 속 노폐물의 농도가 높아져 수분의 배출이 원활하지 않게 되어 고혈압이나 다른 합병증이 일어난다.

말수가 많지는 않았지만 아주 소탈한 인상에 마음이 놓였다고 먼저 방문했던 동료가 전해줬습니다. 저도 방문해 보고 그 말에 전적으로 동감했습니다. 그는 말기암 환자였으나 그가 자아내는 온화한 분위기는 상대를 편안하게 만들었습니다.

할아버지를 돌보게 된 아내도 신경이 곤두서 있지 않고 차분한 얼굴이어서 다행이라는 생각이 들었습니다.

먼저 관을 고정하고 있는 테이프를 벗기고 깨끗하게 닦기 위해 물수건을 부탁했더니, 차가운 수건을 가지고 왔습니다.

"조금 차가울 것 같은데, 좀 더 따뜻하면 좋겠어요."

조심스럽게 부탁하니, "어머, 그래요?" 하고 웃으면서 대답하고는 얼른 따뜻하게 만들어 왔습니다.

"이 사람 적당히 하는 버릇이 있어서, 잘 지켜봐야 해요."

말수가 적은 마츠다 할아버지가 웃으면서 말했습니다. 인생의 마지막을 살고 있는 사람을 돌보고 있는 건데 훈훈한 기분이 드는 것이 제게 조금 낯설게 느껴졌습니다. 마츠다 할아버지 부부가 오랜 시간 쌓아온 다정한 부부관계 때문이었겠지요. 재택 요양에서는 부부나 가족들의 관계가 숨김없이 드러나게 됩니다. 남편이 재택 요양을 원하더라도 아내가 완강히 거부하는 경우도 있는 것이 사실입니다.

그가 달고 있는 두 개의 관은 전문의가 직접 정기적으로 교환하도록 되어 있습니다. 그래서 마츠다 할아버지의 집에서 병원까지 한 시간은 족히 걸리지만 2주마다 처치를 받으러 통원해야만 합니다.

퇴원 후 처음 병원에 와서 관을 교환한 다음 날은 "진짜 힘들어…….

말할 기운도 없어."라며 약해진 마음을 드러냅니다. 얼굴도 수척해져서 저희는 좀 더 쉬운 방법이 없을까를 고민하고 또 고민해 봤지만 그 관들은 할아버지의 생명줄이나 다름없었습니다. 그것을 잘 관리하는 것만이 그의 생명을 이어주는 것이기 때문에 관을 교환하는 일을 게을리 할 수는 없었습니다.

'이미 남은 시간이 정해져 있는 삶을 사는지라 체력적으로 버티기가 쉽지 않을 거야.'

저는 안타까운 마음을 안은 채 계속 방문했습니다.

그래도 마츠다 할아버지는 집에서 생활하는 것을 좋아했고 저희가 방문하면 여러모로 신경 써주었습니다. 그래서인지 병에 대해서는 전혀 묻지 않았습니다. 남은 시간이 얼마 없다는 것을 그에게 직접 말하지는 않았지만 아마 본인도 전립선암에서 놓여날 수 없다는 것을 몸으로 느끼고 있을 것입니다. 그런데도 저희를 배려해서 곤란한 질문을 하지 않는 그가 고맙기도 하고 안타깝기도 했습니다. 언제 방문해도 준비가 되어 있었고 침착하고 담담한 마츠다 할아버지가 제 눈에는 참선하고 있는 무심無心 상태의 스님 같습니다.

난치병 환자들의 공통점은 마지막이 되어갈수록 병의 상태가 불안정하고 급격히 악화되어 간다는 것입니다. 그럴 때면 저희들도 신경이 곤두서고 심적으로 우울해져 환자의 집을 방문하는 발걸음이 무겁습니다. 그러나 신기하게도 마츠다 할아버지 집으로 가는 길은 언제나 안심이 되었습니다.

하지만 그 역시 종양에서 출혈도 생기고 빈혈도 점점 진행되어 다른 난치병 환자들과 같은 길에 들어섰다는 것을 알 수 있었습니다.

저희는 2주에 한 번 관을 교환하기 위해 통원하는 길에 하루 저녁 입원하셔서 수혈도 하시면 어떻겠느냐고 말씀드렸습니다. 관 교환하시는 걸 힘들어 하시기도 하고 수혈을 받으면 일시적이더라도 좀 편안해지기 때문입니다. 그러나 입원을 권하면서도 불안했던 건 혹시라도 마츠다 할아버지의 상태가 안 좋아져서 다시 집으로 돌아가시지 못하면 어쩌나 하는 것이었습니다.

"하루라면 괜찮아. 그렇게 하지요. 하지만 꼭 하루만 입원하고 집에 갈 거요. 내일 누님이 올라온다고 했거든."

꼭 하루만이라는 걸 강조하는 할아버지의 대답에 저는 제 마음을 들킨 것 같았습니다. 그런 중에, 저희는 할아버지가 집에서 평온하고 행복한 시간을 보낼 수 있도록 무엇인가를 해드리고 싶어 자주 회의를 했습니다.

"마츠다 할아버지, 목욕하고 싶으시죠? 다음에 목욕시켜 드릴게요."

"이런 관이 주렁주렁 달려 있는데 괜찮을까? 목욕이야 하고 싶지만……."

불안한 눈초리로 저를 바라봅니다.

"괜찮아요. 저희가 그런 일은 전문이잖아요."

저희는 다음 방문 때 깨끗하게 목욕시켜 드렸습니다.

"목욕한 게 몇 달 만인지……. 개운하고 너무 좋네."

할아버지는 만족스러운 미소로 고맙다는 뜻을 대신 전했습니다.

"어제 말인데 기분이 좋아서 휠체어로 산책했어요. 같은 아파트 이웃

들을 많이 만날 수 있었어."

기쁜 듯이 아내가 이야기했습니다. 할아버지도 전날의 일을 생각하는 듯했습니다.

마츠다 할아버지의 방은 베란다가 있어 볕이 잘 들었습니다. 그런데다 7층이라서 밖의 경치가 흡사 한 폭의 풍경화였습니다.

"와! 여기는 완전 특등석이네요."

"이사 왔을 때에는 건너편에 아파트가 없었고, 저기 저 나무도 작았다우."

이곳으로 이사 온 지 25년째가 되는 할아버지는 그 시절을 그려보는 듯합니다.

'계속 침대에 누워서 보는 밖의 풍경은 많이 다를까?'

그런 생각을 하면서 부부의 추억을 들었습니다. 그는 원래 외교관이 되려고 열심히 공부했지만 가정 형편 때문에 꿈을 이룰 수 없었고, 대신 뛰어난 영어실력을 활용해 외국계 회사에서 근무하게 된 것 등을 이야기해 주었습니다.

병이 앞으로 어떻게 될 것이고 어떤 치료들을 받게 될 것이고 하는 우울한 이야기가 아니라 누구나에게 있는 소소한 일상을 부부와 함께 셋이서 이야기할 수 있었던 그날은 소중한 기억이 되어 가슴에 남았습니다.

재택 요양을 시작하고 약 한 달 반 사이에 관 교환과 수혈을 위해 외래통원 한 번, 단기 입원 두 번이 있었습니다.

좀처럼 나약해지지 않던 마즈다 할아버지였지만 병이 깊어질수록 말수는 줄어갔습니다. 말할 체력조차 없어진 것인지 삶에 대해 체념해버려 의욕이 사라진 것인지 알 수가 없습니다. 하지만 자신의 처지를 비관하거나 연민에 빠져 있는 것은 아닙니다. 그런 면에서 할아버지는 흔들리지 않는 산 같은 사람입니다. 그저 모든 것을 순리처럼 받아들이는 얼굴입니다.

할아버지가 세 번째 입원을 일주일 남겨두었을 때입니다.

그를 본 순간 문득 마지막 입원이라는 생각이 스쳤습니다. 어쩌면 입원할 때까지 버티지 못할 것 같기도 했습니다.

무슨 일이 있으면 입원한다는 방침을 처음부터 세워놓았기에 병원에 모시는 것에 대해서는 거부하지 않을 것이지만 정작 문제는 더 이상 집으로 돌아갈 수 없을지도 모른다는 것이었습니다. 출혈이 생기면 관이 막힐 가능성도 있었고 재택 요양으로는 마지막의 위급한 순간을 해결할 수 없어 입원하는 게 당연하겠지만 그렇게 되면 끝내 병원에서 마지막을 맞이하게 될 것입니다. 거의 예외 없이 말입니다.

"입원은 어떻게 하시겠어요?"

"안 해도 돼요. 안 아픈 걸."

"여보, 솔직히 이야기해요. 아파서 온 얼굴을 찡그리고 있는 양반이 괜찮긴 뭐가 괜찮아요."

"아니, 안 아파. 집에 있어도 돼."

이런 대화로는 결론이 안 납니다.

'수혈로 몸을 유지할 수 있는 때는 이미 지났어. 이젠 어디서 어떻게 마지막 이별을 할지 결정해야 해. 할아버지는 이 집에서, 이 방에서 가족들에게 둘러싸인 채 평온하게 가고 싶은 거야.'

이런 확신이 들었습니다.

마츠다 할아버지를 방문한 기간은 단 한 달 반. 그래도 저는 나름대로 온 정성을 쏟아 할아버지 부부를 도왔습니다. 그러고 나서 내린 결론은 집에서 돌아가시게 하는 것도 준비해 보자는 것이었습니다. 무슨 일이 있으면 병원에 입원한다는 방침에 어긋나지만 할아버지의 마음을 존중해 드리고 싶었기 때문입니다. 곧바로 병원으로 달려가서 의료팀과 상의를 하고 마츠다 할아버지의 가족이 원할 경우에는 집에서 돌아가시도록 하자고 결정했습니다.

다음 날 아내가 전화를 걸어 상담 요청을 했습니다.

"어젯밤부터 물을 거의 마시지 못해요. 소변도 잘 안 나오고. 수액을 맞아야 하지 않나 싶네요. 그냥 두면 탈수증상이 올 것 같은데……."

수분 섭취를 하지 못하면 탈수증이 생기는 것은 맞습니다. 그러나 이 상황에서 수액을 맞는다고 마츠다 할아버지에게 좋은 것인지는 확신할 수 없었습니다. 그저 또 하나의 관을 매달아 놓는 것 외에는 아무런 의미가 없을 수도 있으니까요. 그렇게라도 해서 수명이 연장된다 해도 연장된 만큼 고통도 길어지고 깊어지겠지요.

아내의 심정도 이해가 됩니다. 아무것도 하지 않고 가만히 지켜보는 것은 더 고통스러운 고문이기 때문입니다. 아마 말은 쉬우나 실제로는 절대 할 수 없는 일 중의 최고가 이 경우일 것입니다.

전화를 받은 다음 날 링거를 가지고 마츠다 할아버지 댁을 향했습니다. 아내는 제가 언제나 오려나 하고 기다린 듯, 만나자마자 이야기를 시작합니다.

"링거를 맞을 거라고 이야기하지 않았어. 원래 성격이 저래서 어떻게 해달라고 한 번도 부탁하는 적이 없으니까. 그렇지만 진통제는 써줘요. 통증을 참느라고 온몸이 바싹바싹 마르는 것 같애."

남편을 위해 빨리 어떻게라도 해주고 싶었던 간절한 마음이 배어납니다.

"입원은 어떻게 생각하세요? 할머니가 계속 애써 주시면 집에서 마지막을 맞을 수도 있어요. 할아버지한테 한 번 물어보고 결정할까요?"

"어제처럼 토하거나 피가 나면 집에서 보는 건 이제 한계인가보다 싶기도 해서……."

아내는 선뜻 대답하지 못했습니다. 간단한 문제가 아님을 저도 압니다. 세상일에 정답이 있는 경우는 거의 없으니까 말입니다. 아내가 한 번 생각해 볼 시간을 드리려고 할아버지의 방에 들어갔습니다.

할아버지는 단호하게 말합니다.

"링거 안 맞아도 돼."

눈은 감았지만 음성은 또렷합니다.

"통증이 심하죠? 진통제는 필요하실 거예요."

"괜찮아."

역시 원하지 않았습니다.

"통증을 참는다고 좋은 게 아니에요. 집에 계시다가 갑자기 통증이 오면 어떡하실 건데요? 할머니 생각도 해주셔야죠. 곁에서 보고만 있어야 하는 할머니 가슴이 얼마나 타들어 가겠어요? 말려 죽이실 작정이세요? 제발 속 시원히 얘기 좀 해주세요. 할아버지를 위해서든 할머니를 위해서든요. 통증이 심하다고 꼭 입원해야 하는 건 아니니까요."

침묵이 흘렀습니다.

"사실은…… 참기 힘들 때도 있어."

간신히 돌파구가 열렸습니다.

"하지만…… 병원에는 가고 싶지 않아. 마음이 힘들어져서. 그냥 집에 있고 싶어. 병원에는 가고 싶지 않아."

어려웠지만 할아버지의 진심을 확인할 수 있었습니다.

제가 나올 때 아내도 한 마디 했습니다.

"저 양반도 입원하면 끝이라는 걸 알거야. 그러니까 집에 있게 해주고 싶어요."

그렇게 아프고 조용하게 아내는 마음을 전해줬습니다.

그날 한 가지 더 잊을 수 없는 일이 있었습니다.

링거와 진통제 이야기를 하기 전에 할아버지가 제 뒤를 향해서 살짝 손을 흔들었습니다. 저는 그 순간 할아버지의 얼굴에서 더없이 환한 웃음을 보았습니다. 뒤를 돌아보니 누님이 가만히 손을 흔들고 있었습니다. 큐슈九州에서 올라온 누님이 돌아가는 날이었던 것입니다. 부드럽고 밝은 웃음으로 누님을 배웅하는 마츠다 할아버지를 보고 저는 눈물을 참기가 어려웠습니다. 마치 누님과 영원한 이별을 하듯 뭐라 말할 수 없는 표정을 하고 있었기 때문입니다. 지금도 그때를 떠올리면 가슴이 먹먹해집니다.

🍎 조용한시간

누님이 돌아가고 난 다음 날부터 24시간 모르핀 투여를 시작했습니다.

"고마우이."

어떤 상황에서도 상대에게 감사를 전하는 할아버지의 말이 마음에 스며듭니다.

"어제는 밤중에 갑자기 숨이 거칠어져서 모두를 불러달라고 해서 한 사람 한 사람 일일이 작별인사를 했어요."

할머니가 보고하듯 지난 밤 이야기를 했습니다.

병에 대해서 무엇도 묻지 않았던 할아버지였지만 죽음이 가까워져 있음을 스스로 느낀 것일까요? 자녀들도 모두 일을 정리하고 되도록이면 아버지 곁에 있기 위해 준비했습니다. 또 어머니 혼자서만 남는 상황이 되지 않도록 서로서로 시간을 조정하기도 했습니다. 주말에도 24시간 호출에 대기하고 있긴 했지만 제가 전화를 드려 아내를 위로했습니다.

"진통제가 아직은 잘 듣나봐요. 오늘은 아침에 신문도 보고 음악도 듣고 그랬어요."

할머니의 기쁜 목소리였습니다.

그러나 그것은 잠시였습니다.

"열이 올랐다 내렸다 해서 아이스크림을 조금 입에 댈 뿐이에요. 식구들이 가족회의를 했는데 후회하고 싶지 않으니 내일 링거를 좀 부탁해요."

마츠다 할아버지가 그토록 싫어하던 링거지만 더 이상 거부할 수는 없었습니다. 할아버지는 언제나 졸고 있는 상태라 이미 의식이 뚜렷하지 못했습니다.

가족들도 미련이 남으면 안 되기 때문에 링거를 투여하기로 했습니다. 그렇게 생각하면서도 조금 아쉬운 마음이 드는 것도 사실입니다.

'지금까지 버텨왔는데 할아버지 말대로 더 이상 튜브를 늘리지 않고 조용히 지켜봐 줄 수 있다면 더 좋겠는데……'

가족은 혹시라도 회복될 것을 기대하는 것일까요?

다음 날부터 가족의 희망에 따라 링거를 시작했습니다. 혈압도 이미 낮아질 대로 낮아져서 언제 돌아가실지 모른다고 일단 알려드렸습니다. 돌아가시기 전날 들렀을 때는 아내와 둘째 딸이 있었습니다.

세 명이서 같이 관이 들어가 있는 곳의 거즈를 교환하고 등을 닦거나 하면서 여러 가지 이야기를 했습니다.

"모두들 여기저기를 쓰다듬기도 하고 주무르기도 하고 그랬어. 이 양반 장난감 취급 받는 것 같아. 병원이라면 이렇게 못했겠지……"

아내와 자녀들은 각자의 생각에 따라 마치 의식이 거의 없어진 그와의 시간을 아까워하듯이 주무르거나 말을 걸거나 하는 것 같았습니다.

할아버지는 가족에게 아주 든든하고 큰 버팀목이었다는 것을 알 수 있었습니다.

나오려 하는데 "오시카와, 이것 좀 봐요." 하고 아내가 저를 다른 방으로 데리고 갔습니다. 거기에는 온화한 미소를 짓고 있는 마츠다 할아버지의 영정사진이 있었습니다.

전혀 다른 얼굴. 순간 울컥하며 눈물을 삼킵니다.

'할아버지가 저런 얼굴이었단 말인가. 암은 사람을 이렇게 처참하게 만들어 버리는구나.'

방문 간호사라는 직업은 슬프게도 건강할 때의 환자와 만나는 법이 없습니다. 게다가 투병 끝에 집으로 돌아온 환자가 대부분이라 낫는 경우도 거의 없습니다.

늘 이 환자가 건강했을 때는 어떤 모습이었을까 하고 상상만 할 뿐입니다. 왠지 저의 일이 서글프고 쓸쓸하게 여겨졌습니다.

"후회 없도록 가족들이 끝까지 지켜봐 주세요."

"걱정 말아요."

아내도 딸도 눈물을 머금고 대답했습니다.

혈압이 떨어지고 소변도 나오지 않게 되면 보통은 오늘 내일로 돌아가시게 됩니다. 그런데 그 상태로 마츠다 할아버지는 4일이나 더 견뎠습니다. 그리고 큐슈에서 다시 올라온 누님을 기다리기라도 한 것처럼 누님이 온 바로 그날 할아버지는 온 가족이 지켜보는 가운데, 조용히 숨을 거두었습니다. 호흡이 멈췄다는 연락을 받고 저는 급히 할아버지

댁으로 향했습니다.

"조용히 가셨어요."

아내의 짧은 한마디였습니다.

"오늘은 모두 남편 곁에서 식사를 했어요. 마지막으로……. 저 양반 잘 해낸 거죠?"

흔한 말이었지만 가족도 마츠다 할아버지도 모두 잘 해냈다고 생각합니다.

"할아버지가 가장 즐겨 입던 옷을 좀 주실래요?"

아내는 망설이지 않고 청바지와 셔츠를 가지고 왔습니다.

'엇? 청바지?!?'

70세가 되는 마츠다 할아버지와 청바지의 조합을 저는 잘 이해할 수 없었습니다. 하지만 젊은 생각을 가진 할아버지의 또 다른 면을 마지막에라도 알 수 있었다는 것, 이것 또한 방문 간호사의 특권일지도 모르겠습니다.

청바지로 갈아입히면서 가족들과 이야기를 나누었습니다. 슬픔 가운데 있지만 왁자지껄한 것. 이것은 재택 요양이기에 가능한, 병원에서는 맛볼 수 없는 것입니다.

문득 돌아보니 마츠다 할아버지보다 열두 살 위의 누님이 동생을 가만히 바라보고 있었습니다. 어쩌면 자신도 가야할 길을 함께 겹쳐서 생각하고 있었는지도 모르겠습니다.

돌아오는 길에 택시가 잡히질 않아 혼자 멍하니 30분 정도 우두커니 서 있었습니다. 일을 끝내고 긴장이 풀림과 동시에 마츠다 할아버지의 미소가 눈앞에 떠올랐습니다.

겨우 한 달 반 동안이었지만 가슴이 빠져나가는 것 같은 허전함은 어쩔 수 없었습니다.

재택사를 권한 저희의 결정이 남은 가족들에게 어땠는지 모르겠지만 시간이 좀 더 흐르고 북받친 감정이 잦아들면 차차 알게 되겠지요.

언젠가는 재택사를 선택하고 경험한 가족들과 만나 그들의 이야기를 차분하게 들어보고 싶습니다.

Story 4...
입지 못한 웨딩드레스

편해지고 싶어.
그렇게 생각하면… 안 되는 거야?
(20세 · 여성)

용기

받아들인다는 것은
용기를 필요로 합니다.
받아들일 수 있는
용기가 있다면
자유로워질 수 있습니다.

늘씬한 몸매에 흰 피부와 애교 섞인 미소가 아름다운 미나요는 스무 살 여대생입니다. 그녀는 인생의 절정기를 보내고 있었습니다. 알콩달콩 연애를 하고 미래에 대한 계획을 하나하나 실행하면서 행복하다는 것을 조금씩 느껴가고 있을 무렵, 그녀에게 불길한 일들이 시작되었습니다. 오른발이 붓고 통증이 느껴져 병원을 찾았다가 뼈에 생기는 악성종양인 유잉육종 ^{Ewing肉腫1)}이라는 진단을 받았습니다. 그때부터 미나요와 가족들의 싸움이 시작됐습니다. K병원에서 화학치료와 방사선치료를 받고 오른발의 종양을 제거하는 수술도 받았습니다. 하지만 암은 오른쪽 허벅지의 임파선으로 전이되어 다시 수술을 받고 화학치료와 방사선치료를 거쳐야만 했습니다. 그러나 호전되는 듯해서 모두가 안심하려고 하던 순간 야속하게도 재발 징후가 보여 우리 병원으로 옮겨왔습니다. 최초의 암이 발견된 때로부터 약 1년 4개월이 경과한 때였습니다.

그녀의 어머니는 당시의 일을 이렇게 회상합니다. "오른발을 절단해야 할지도 모른다는 말을 듣고 지옥으로 던져진 기분이었습니다. 절단을 면하고 안심한 것도 잠깐, 다시 재발. 가까스로 벗어났다고 생각하면 또 재발. 긴장을 멈출 수 없는 나날이었습니다."

---

1) 유잉육종(ewing sarcoma, 一肉腫) : 뼈에 생기는 악성 종양의 하나. 보통 20세 이하의 청소년층에서 많이 발생한다. 골반·넓적다리뼈·정강이·상박골·종아리뼈 등에서 많이 발생한다. 유잉은 처음 발견하고 치료법을 제시한 사람이다. 주로 청소년기의 뼈에서 발생하고 골수에서 자라 주변 정상세포들을 죽이며 아주 빠르게 암세포를 증식한다. 재발 위험성이 높은 암으로 처음부터 재발을 염두에 두고 치료에 임한다. 수술, 항암치료, 골수이식 등의 치료법이 있으나 예후는 좋지 않다.

K병원은 그녀에게 병명을 알려주고, 폐로 전이될 경우 굉장히 위험해진다는 것까지 설명했습니다. 그녀는 몇 번이고 도서관을 다니며 이해할 수 있을 때까지 자신의 병에 대해 조사했다고 합니다. 무엇이든지 겁내지 않고 적극적으로 맞서는 그녀다운 일이란 생각이 들었습니다. 우리 병원으로 옮긴 후엔 후복막에 종양이 발견돼 간호사인 저와도 상의하고 절제술을 받은 뒤 다시 화학치료을 받았습니다. 얼마나 치료가 힘든지는 그 치료를 받아본 사람만이 압니다. 하지만 그녀는 퇴원하자마자 바로 학교로 복학했고 남자친구와 즐거운 시간을 보내거나 오빠의 결혼식에 참석하는 등 삶의 모든 순간을 소중하게 보내고자 했습니다.

미나요가 스물두 살이 되던 해 겨울이었습니다. 안타깝게도 암이 폐로 전이된 것이 확인됐습니다. 후복막의 종양도 다시 커져서 통증을 호소했습니다. R선생님과 미나요의 일을 상의한 것은 이 무렵입니다.

그녀의 병은 스무 살 전에 나을 수도 있었습니다. 그랬다면 저와 그녀는 만날 일도 없었을 겁니다. 제가 만나는 환자들이 잘 치료를 받아 정상적인 삶을 살 수 있으면 좋겠지만 가슴 아프게도 제가 만나는 사람들은 병이 낫지 않는 환자들입니다. 환자의 남은 시간을 소중히 보내도록 돕는 방법 가운데 하나로 '재택 요양'이 있고, 저는 그 일을 돕고 있는 것이니까요.

저는 이런 제 일에 보람을 느낍니다. 하지만 젊고 앞으로 즐거운 일이 많을 대학생이 가혹한 시련과 운명을 짊어져야만 하는 현실을 보면 마음이 무겁고, 과연 내가 할 수 있는 일이 있을까 하며 마음이 약해지기도 합니다.

미나요를 위한 방문 간호를 언제 시작할까 생각하던 그때 그녀의 통증이 심해져서 다시 일주일 동안 입원하게 됐습니다. 짧은 시간이었지만 짬을 내서 그녀를 만나러 갔습니다. 그녀의 첫 인상은 응석받이처럼 보였습니다.

이 귀여운 얼굴 어디에서 암 선고를 받아들이고 맞서 싸울 힘이 나오는 것인지 참으로 불가사의하게 느껴졌습니다. 첫 인사를 겸해서 통증을 다스리는 법 등 생활 전반에 대한 도움말과 매일 방문할 수 있다는 사실도 알려주었습니다.

하지만 미나요는 퇴원 후 5일 만에 다시 병원으로 돌아왔습니다. 암이 폐로 전이돼 흉막염$^{胸膜炎 2)}$이 나타났고 호흡곤란 증상이 생겼기 때문입니다.

🍎 폐전이 이후부터 재택 요양까지

폐에 찬 물을 뽑아내고 산소요법$^{酸素療法 3)}$을 실시한 후 미나요의 호흡곤란은 나아졌습니다. 이 과정에서 그녀는 자신의 몸에 대해 의문을 갖기 시작했습니다. 왜 호흡곤란이 생기는 것인지 분명히 이해하지 못했습니다.

---

2) 흉막염(pleurisy, 胸膜炎) : 흉막에 생기는 염증. 폐렴, 결핵, 바이러스 감염, 악성종양, 폐경색, 흉부 외상 등 폐의 질병이나 외부적인 충격으로 인해 발생하는 경우가 많다.

3) 산소요법(oxygen therapy, 酸素療法) : 산소를 제대로 흡입할 수 없는 사람에 대해 강제로 산소를 흡입시키는 치료법. 비강 카테터, 마스크, 산소 텐트 등을 사용한다.

몇 개월 전 암이 폐로 전이된 후 일어난 일에 대해 그녀에게 어떻게 설명해야 할까! 부모님도 R선생님도 고통스러웠습니다. 이미 미나요에게 폐 전이가 일어나면 그 뒤의 경과가 좋지 않다는 건 설명했습니다. 암이 폐에 전이됐다고 하는 것은 결론적으로 '사망 선고'입니다. 미나요의 아버지는 미나요의 암이 발견되기 2년 전부터 홀로 외국에서 일하고 있었습니다. 미나요의 어머니는 남편과 모든 것을 상의하기는 했지만 모든 상황을 혼자서 버텨 나가기엔 불안해 보였습니다.

혹시 자신의 병명을 알게 된 미나요가 현재 상황을 더 알고 싶어 하지 않는 것은 아닐까. 주위 사람들은 이 문제에 최선의 답을 찾지 못한 채 고통스러워했습니다. 그러던 어느 날, 그녀가 병동의 간호사에게 진지한 표정으로 이렇게 말했습니다.

"저는 남자친구와 결혼을 생각하고 있어요. 하지만 폐에 나쁜 것이 있다면 슬프지만 그 계획을 단념하지 않으면 안돼요. 대신 웨딩드레스를 입고 사진만이라도 찍어 두고 싶어요. 그러니까 진실을 얘기해 주세요. 앞으로 제 자신에 대한 일은 스스로 결정할 거예요. 제겐 그럴 권리가 있어요."

그녀의 어디에 이런 용기가 숨어 있는 것일까요. '미래에 대한 희망이 끊긴 미나요는 자신의 운명을 냉정하게 받아들일 수 있을까? 모든 것을 알게 된 미나요를 나는 어떻게 대해야 할까?' 혼자 자문자답을 되풀이 했습니다.

의료팀과 상의한 후 미나요의 부모님은 모든 것을 얘기하기로 결정했습니다. 어머니와 남자친구가 함께한 자리에서 R선생님은 미나요에게 현재의 상황을 설명했습니다. 가슴에 찬 물은 이전의 발에 생긴 암과 같은 악성 종양 때문에 생긴 것이라고. 앞으로 미나요가 하고 싶은 것을 할 수 있도록 통증이나 괴로움 같은 고통을 없애고 모두가 전력을 다해 지원할 것이라고. 실수로라도 자신의 목숨을 스스로 줄이는 일은 하지 않기를 바란다는 것 등을……

그녀는 이렇게 답했습니다. "생명을 소홀히 여기는 그런 아까운 일은 하지 않아요. 사실을 말해 주서서 감사해요." 자신의 생명이 얼마 남지 않은 것을 알게 된 순간이었습니다. 그녀는 그날 늦은 밤 오빠의 차로 퇴원했습니다.

🐞 정말 강한 아이라고 생각합니다

다음날부터 방문 간호가 시작됐습니다. 첫 방문은 R선생님과 함께였습니다. 전날 폐 전이 사실을 알렸기 때문일까요! 솔직히 그녀를 마주해야만 하는 마음이 무거웠습니다. 가족은, 남자친구는 어떤 기분으로 하룻밤을 지냈을까. 모두의 어두운 표정이 눈앞에 어른거렸습니다.

그날 일시 귀국해서 병원으로 달려와 R선생님의 설명을 들은 미나요의 아버지가 말했습니다. "가능하다면 폐로 전이된 것은 마지막까지 알리고 싶지 않은데 이미 말하셨더군요. 하지만 미나요의 반응을 아내에게서 듣고 안심했습니다. 지금은 모든 것을 얘기한 것이 잘한 것이라고 생각합니다." 이렇게 말하는 그의 표정은 무척 쓸쓸해 보였습니다.

어머니는 어제 병원에서 돌아온 후의 상황을 얘기해 주었습니다. "평소와 다름없이 차분했어요. 남자친구 유야와 많은 이야기를 한 것 같았어요. 앞으로 어떻게 해나가고 싶은지는 둘이서 결정할 수 있을 것이라고 생각해요."

그런 후 남편을 위로하듯 말을 이었습니다. "미나요는 정말 강한 아이라고 생각해요. 아픈 미나요 곁을 계속 지키다보니 사실을 제대로 알고 내 삶에 대해 생각하고 싶다는 아이의 말이 진심이라는 게 느껴졌어요. 오히려 내가 딸에게서 많은 것을 배우고 있어요. 너무나 어른스러워져서 엄마인 나도 깜짝 놀랄 정도예요."

그 이야기를 들으면서 조금씩 긴장이 풀리는 것 같았습니다. 그녀의 부모님과 R선생님과 함께 방으로 향했습니다. 그녀는 상상 이상으로 차분한 얼굴을 하고 있었습니다. 미나요의 곁에는 남자친구인 유야가 있어서 조금 당황했지만 금세 자연스러워졌습니다. 이것도 재택 요양이기 때문에 가능한 일일지도 모르겠습니다.

미나요와 유야는 초등학교 동창입니다. 각자 외국에서 일하는 아버지를 따라 나갔다가 현지의 일본인 학교에서 처음 만나게 된 겁니다. 연인 사이로 발전한 것은 그로부터 꽤 시간이 지난 뒤로, 그녀가 아프기 전이었습니다.

미나요가 투병할 땐 항상 유야가 곁에 있으면서 버팀목이 돼 주었습니다. 유야는 의연하고 용감하고 생각한 것을 직설적으로 표현하는 스타일이었습니다.

"통증은 괜찮아요. 속이 좀 메슥거리는 게 불편한 정도예요."

그녀는 담담하게 자기 몸 상태를 설명했습니다.

사실상 사망선고를 전해 들은 그날 밤 둘은 어떤 생각으로 보냈을까요. 다음날 미나요는 2박3일 일정으로 전부터 계획했던 홋카이도 여행을 떠났습니다. 부모님과 유야, 오빠 부부도 함께.

'무사히 홋카이도에서 돌아오면 그때부터가 진짜다.'

이렇게 생각하고 마음을 다잡고 있던 찰나 전화가 왔습니다. "아침부터 호흡곤란이 와서 산소 양을 늘렸는데 효과가 없는 것 같아요." 미나요 어머니의 침울한 목소리를 듣고 의기소침해졌습니다. 가슴에 물이 찬 것 같아 병원에 오도록 했습니다.

'역시 홋카이도 여행은 무리였나? 더 이상 멀리 나가지 못하려나?'

'미나요에게 이제 남은 시간들이 소중한 시간이 되도록 해야 해.'

'생각한 것보다 더 빠르게 상태가 악화되고 있어. 가슴에 물이 찰 때마다 병원에 오는 건 힘들 거야. 뭔가 다른 방법을 생각하지 않으면 안돼.' 이제 겨우 방문요양을 시작했는데 온갖 생각들로 머릿속이 꽉 차 있었습니다.

❤ 아버지의 역할, 슬픔

병원에서 폐의 물을 뺀 다음날부터 다시 방문을 시작했습니다. 내심 '오늘은 좀 오랫동안 머무는 게 좋겠지?' 하고 기대했지만 호흡곤란은 완전히 좋아지지 않았습니다. 제가 가 있는 동안 그녀의 몸을 돌리거나 산소 양을 올리거나 내려 조절해야 하는 상황이었습니다.

그날 미나요의 아버지는 한 번도 얼굴을 내밀지 않았습니다. 이것이 마음에 걸려 돌아갈 때 미나요의 어머니에게 "아버지는 다시 해외로 가셔야 하나요?"라고 물었습니다.

"아빠는 딸을 어떻게 대해야 할지 몰라 침울해하는 것 같아요. 해외에 있으면서 전화로 상황을 듣는 것과 실제로 딸을 보는 것과 상당한 차이가 있었나 봐요. 모레 다시 근무지로 돌아가야 하거든요. 남편에게 '열심히 일하는 게 미나요가 안심하고 하고 싶은 일을 할 수 있게 해주는 것'이라고 말했어요. 이해했겠죠."

아! 아버지란 이름으로 얼마나 더 아픔을 감내해야 하는 걸까요? 자식이 병에 걸려도 일을 계속해야 하고, 자식 곁에서 충분히 함께 있어줄 수 없는 만큼 소외감과 죄책감을 느끼게 되고……. 병원으로 돌아가면서 아버지의 존재에 대한 생각이 머릿속을 떠나지 않습니다.

다음날 미나요의 아버지가 약을 타러 병원에 왔습니다. "제가 곁에 있어도 딱히 할 수 있는 게 없어요. 그래서 약을 타러 다니거나 바깥일을 보고 있죠." 그런 그녀의 아버지를 보는 제 가슴이 죄어 왔습니다.

"내일 다시 출국해요. 열심히 일하는 게 제가 딸을 위해 할 수 있는 유일한 것이라고 하니까 뭐, 그렇게 해야겠죠." 어떤 기분이었을까요. '딸의 죽음을 지켜볼 수 없다'는 슬픔이 느껴졌습니다. 아버지의 등은 쓸쓸함과 아픔으로 떨리는 듯 했습니다.

미나요의 방문 간호를 시작하고 처음 일주일 동안 저는 거의 매일 그곳에 갔습니다. 그녀의 상태가 기복이 있어서 제 눈으로 확인하기 전까지는 안심이 되지 않았습니다.

처음엔 상태가 조금 나아지면 그녀가 목표한 것처럼 웨딩드레스를 입고 호텔 사진관에서 기념사진을 찍는 등의 화젯거리로 유야나 어머니와 대화가 고조될 때도 있었습니다. 잡지에 실린 웨딩드레스 특집 사진을 유야와 사이좋게 보고 있는 그녀의 표정은 더없이 평화로웠습니다. 그런 날은 병원으로 돌아오는 제 발걸음이 한결 가볍고, 즐거운 시간을 가졌던 것에 감사와 충만함을 만끽했습니다.

미나요의 가장 큰 고통은 폐에 물이 차 호흡곤란이 오는 것이었습니다. 산소요법만으로는 한계가 있었고, 흉수pleural effusion4)를 뽑아내는 것이 고통을 줄이는 방법이었습니다. 이 치료는 간호사인 제가 할 수 없었습니다.

그녀에겐 더 이상 병원을 오갈 체력이 남아있지 않았습니다. R선생님은 제 얘기를 듣고 왕진하기로 했습니다. 그러나 이 역시 한계가 있었습니다. 흉수를 뽑아도 곧바로 빈 공간에 물이 차기 때문입니다.

R선생님이 왕진한 다음 날 호출기가 울렸습니다. "가슴의 물을 뽑고 간신히 고통이 사라졌는데 어째서 또 금방 답답해지는지 물어봐 달라고 하네요." 무슨 일이든 스스로 납득해야 하는 그녀의 성격을 잘 알 수 있는 질문입니다.

사실 흉막염이 있기 때문에 고통을 모두 제거하는 것은 의식이 있는 한 어려운 일입니다. 살아 있는 한, 의식이 있는 한 계속 이 답답함과 싸워야만 하는 것입니다. 어떻게 설명해야 좋을지 고민이 됩니다.

"흉수를 전부 뺄 수 있도록 조정해 나갈 예정이에요. 하지만 답답함

---

1) 흉수(pleural effusion) : 흉막강 내 정상보다 많이 고여 있는 액체. 가슴에 물이 찬 경우를 말한다.

이 전부 사라지는 걸 기대하지는 말고 어제보다 오늘이 편해졌다는 식으로 생각해 주셨으면 좋겠어요." 스스로 무력감을 느꼈지만 어머니에게 열심히 설명했습니다.

그 후에도 몇 번이고 긴급 방문이 이어졌습니다. 우리 집에서 미나요의 집까지 차로 15분 정도 거리였던 것은 행운이었습니다. '어째서 이렇게 금방 고통스러워지는 걸까? 어떻게 해야 하지?' 그런 의문이 들 때마다 할 말을 잃게 됩니다.

재택 요양 초기에는 자세를 편하게 바꿔 주거나 산소 양을 늘리는 등, 제가 해줄 수 있는 방법이 있었습니다. 하지만 병이 이렇게 급속하게 진행돼 버리면 두 손을 들게 됩니다. '재택 요양의 한계일지도 몰라.' 재택 요양의 장점을 알고 있는 저도 그럴 때마다 마음이 약해져 갑니다.

어머니도, 유야도, 오빠 부부도 몸과 마음의 피로가 깊은 듯했습니다. 그녀 자신조차도 점점 삶에서 등을 돌리기 시작하는 모습이 보였습니다. 간호를 마치고 돌아갈 때 그녀는 "내일은 언제 오실 거예요? 빠른 편이 안심되니까 되도록 빨리 오세요."라고 말했습니다. 그런 말을 들으면 제가 해야 할 일에 대해 더 감이 잡히지 않는 딜레마에 빠져 고민하게 됩니다.

며칠 후 새벽녘의 일입니다. 호출기가 울려 달려가 보니 이제껏 보지 못한 심한 답답함을 호소했습니다. 가족들도 충격에 빠져 있었습니다. 제 연락을 받고 R선생님도 급히 달려왔습니다.

제가 할 수 있는 일은 그 사이 가족들과 함께 "괜찮아."라고 하며 등을 쓰다듬는 일밖에 없었습니다. 이때 한 가지 제 속에서 확실해진 것이 있었습니다.

'미나요의 답답함이나 통증은 죽음에 대한 공포나 불안 같은 정신적인 영향이 큰 거야.'

자신의 상태를 다 알고도 긍정적인 자세를 보였다고는 하지만, 그녀는 겨우 스물두 살의 아가씨인 것입니다. 가족과 남자친구의 격려와 사랑에 둘러싸여 있어도 죽음을 눈앞에 두고 그것을 받아들이기가 어찌 쉬운 일이겠습니까. 미나요에게 그것은 너무나 크고 험한 산으로 다가왔을 겁니다.

재택 요양 체제를 재정비하기 위해 1박2일 병원에 입원할 것을 권했습니다. "딱 1박만이에요. 입원해서 아프거나 고통스러운 건 이제 싫어요." 그녀는 몇 번이고 강조했습니다. 지금까지의 힘든 싸움으로 몸도 마음도 지쳐 있는 것이 내가 아플 정도로 전해져 왔습니다.

🍎 언제나 곁에 있는 남자친구, 유야

"집에 가고 싶어!" 구급차로 병원에 도착한 후 미나요가 내뱉은 첫 마디였습니다. 통상적인 처치는 아니지만 그녀가 답답함을 느끼지 않고 집에서 지낼 수 있도록 흉강 내에 튜브를 넣는 조치를 했습니다. 이렇게 하면 매일 가슴을 바늘로 찌르지 않아도 되므로 제가 미나요의 상태를 보면서 흉수를 제거할 수 있게 되는 것이었습니다.

또 병원 목사님과 대화할 수 있는 시간도 마련해 주었고 대학교 동창을 만나기도 했습니다. 그리고 유야는 늘 미나요 곁에 있었습니다. 몸과 마음을 지탱하는 듯 옆에 붙어 있으면서 함께 잠들기도 했습니다. 저도 팽팽했던 긴장의 끈을 늦추고 부산했던 나날을 되돌아보며 재정비할 수 있었습니다. 1박2일의 짧은 입원이었지만 그녀뿐만 아니라 가족과 의료팀에도 무척 의미 있는 시간이었습니다.

퇴원 후 답답함은 줄어들어 웃음을 보이기도 했습니다. "언젠가 갑자기 딸이 없어져 버린다는 건 상상할 수도 없어요." 언젠가 미나요의 어머니와 대화했을 때의 일입니다. "발병 후 2년, 산 하나를 넘으면 또 다음 산이 버티고 있어 괴로웠어요. 미나요가 여기까지 버틸 수 있었던 건 유야가 있었기 때문이에요. 진심으로 감사하고 있어요."

이렇게 딸의 남자친구에게 감사할 수 있는 어머니가 너무 멋진 분이라고 생각했습니다. 마음으로 이 젊은 커플을 포근하게 감싸주고 있는 듯했습니다.

환자에게 가족은 커다란 버팀목입니다. 재택 요양을 선택하면 가족의 협력 없이는 아무것도 진행할 수 없습니다. 그래서 의료팀은 환자와 동일하게 가족을 지원 대상으로 여기고 접근합니다.

그러나 남자친구는 처음이었습니다. 솔직히 말하면 연인 관계는 의지할 대상이 못 된다고 판단하고 있었는데 그는 달랐습니다. 그녀의 상태가 나빠진 후부터 유야는 거의 미나요의 집에 머물며 죽음에 직면한 연인을 정면으로 마주 대하고 있었습니다. 아직 어린 대학생 커플이 이 슬픈 상황에서 마음을 모아 극복해 가려는 모습을 보며 마음 깊은 곳으로부터 박수를 보냈습니다.

그녀가 더 이상 웨딩드레스 이야기를 꺼내지 않게 된 것은 이 무렵의
일입니다. 이뿐 아니었습니다. 앞으로 자신이 하고 싶은 일에 대해서
도 거의 입 밖으로 꺼내지 않게 됐습니다. 이제 쇠약해져 가는 자신의
몸 상태를 받아들이고 체념할 기분이 든 것일까요. 아직 더 힘 내주길
바라는 마음과, 이제 충분히 싸웠으니 평안히 떠나길 바라는 마음이 교
차합니다.

작별

며칠 후 아침이었습니다. "미나요의 의식이 흐릿해져서 걱정이에요.
보러와 주세요." 어머니의 요청이었습니다.

'올 게 왔구나'

저는 서둘러 달려갔습니다. "미나요!" 하고 얼굴 가까이에서 부르니
"네."라고 대답했습니다. 그러나 이제 모두와 이별할 시간이 되었다는
것을 직감할 수 있었습니다.

그래도 약 먹을 시간이 되면 유야의 힘을 빌려 자리에 앉아 진통제를
먹으려 했습니다. 떨리는 손가락으로 한 알 한 알 약을 입으로 가져갔
습니다. 마음속으로 '이제 됐어. 그렇게 애쓰지 않아도 된단다.'라고 외
치고 있었지만 말로 표현할 수는 없었습니다.

어머니가 기록한 재택 요양 메모엔 그녀가 한 말이 남겨져 있습니다.
"엄마, 오빠, 새언니 고마워. 짧았지만 즐거웠어. 아빠에게도 고맙다고
전해줘. 유야, 정말 정말 정말 정말 사랑해." 참으로 견디기 힘든 말이

었습니다. 자신의 마지막 순간을 깨달은 것일까요.

R선생님이 목사님을 모시고 숨이 턱까지 차서 도착했습니다. 목사님은 그녀의 곁으로 와서 손을 꼭 잡았습니다. 미나요는 말했습니다. "편해지고 싶어요. 그렇게 생각하는 건… 안 되는 건가요?" 조용하지만 분명하게 목사님 얼굴을 보며 그녀는 이렇게 질문을 던졌습니다.

"애썼구나. 그렇게 생각하는 건 잘못된 게 아니란다."

"제가 편해지고 싶다고 하면 다들 슬퍼하세요."

"지금까지 네가 얼마나 애써왔는지 모두 알고 있어. 괜찮아."

목사님의 이 말은 미나요의 마음을 울리게 한 듯했습니다. '이제 애쓰지 않아도 되는 거구나.' 이런 안도의 표정으로 목사님 기도를 듣고 있었습니다. 그녀가 틀림없이 안심하고 떠날 수 있을 것이라고 생각했습니다. 조금 더 애써 살아주길 바라는 주위의 염원이 어느 순간 22세의 그녀에겐 중압감으로 작용했을지도 모릅니다.

미나요는 한 명 한 명 가족들을 곁으로 불렀습니다. 작별 인사를 하기 위해서입니다. 순간 미나요 아버지의 쓸쓸한 뒷모습이 생각났습니다. 다행히 출근 직전의 아버지와 전화 연결이 됐습니다.

"아…빠…, 고…마…워…요. 안…녕……."

마지막 힘을 짜낸 미나요의 인사였습니다. 멀리 떨어진 아버지와 작별한 것이었습니다.

"미나요, 미나요, 미나요…!"

수화기 너머로 목소리가 들려왔습니다. 그것은 울음도, 외침도 아닌, 아버지의 애끓는 심정이었습니다.

몇 시간이 지났습니다. 모두가 둘러서 지켜보는 가운데 조용히 숨을 거뒀습니다.

'이렇게 분명히 감사의 마음을 말로 전하고 작별할 수 있는 마지막이 있구나. 대단한 아이야!' 영화의 마지막 장면을 보고 있는 듯한 기분이 었습니다.

슬픔 속에 감동이 더해졌습니다. 유야는 그녀에게 발라줄 립스틱과 매니큐어를 고르고 있었습니다. 그저 묵묵하게 하던 일을 계속합니다. 마지막까지 함께 있었던 유야는 끝까지 담담했습니다.

장례식을 위해 귀국한 미나요 아버지가 이렇게 말했습니다.

"마지막에 전화로 딸에게서 안녕이란 말을 들었을 때 안녕이라고 대답할 수 없었어요. 응석받이였던 딸이 어느새 저렇게 강하고 당당한 아이가 됐을까요."

아버지는 눈물을 참으며 말했습니다.

"결혼하고 아이를 낳고 싶다는 아주 평범한 희망도 투병 중의 방사선 치료로 끊어져 버렸어요. 한때 아이를 갖고 싶으니 치료를 거부하기도 했고요. 정말 많은 일들이 있었습니다."

어머니는 이렇게 말하며 가슴을 펴고 덧붙였습니다.

"미나요는 저희의 자랑스런 딸이었습니다."

그것은 제 마음까지 위로해주는 말이었습니다.

반년 후의 선물, 면사포와 반지

미나요가 세상을 떠난 지 반 년이 지난 후 그녀의 생일을 축하하는 자리가 마련되어 저도 초대를 받았습니다. 취직자리가 정해진 유야의 얼굴도 보입니다. 어머니는 미나요에게 줄 선물로 손수 만든 면사포를 준비했습니다. 참으로 멋진, 미나요에게 딱 어울릴 것 같은 면사포였습니다. 놀란 것은 유야의 선물입니다. "미나요와의 약속이니까요."라며 커플링을 주머니에서 꺼낸 겁니다.

밝게 행동하던 어머니도 끝내 참지 못하고 눈물을 흘리고 있었습니다. 언젠가부터 웨딩드레스 이야기를 하지 않게 된 그녀는 유야에게 반지를 사달라고 부탁한 것입니다. 그녀는 사랑에 둘러싸여 떠날 수 있었습니다. 울고 웃으며 추억을 이야기할 수 있던 그날은 제게 있어서도 최고의 시간이었습니다.

죽음에 직면했을 때 나는 어떻게 될까? 이제 22세의 청춘을 마감한 미나요와 같이 의연히 죽음과 싸울 수 있을까? 그런 생각을 하게 된 평생 잊을 수 없는 경험이었습니다. 방문 간호를 했던 2주간, 그 짧은 시간에 미나요는 22년의 삶을 제게 보여주고 떠났습니다.

저는 재택 요양을 담당하면서 소중한 것을 참으로 많이 배우고 깨닫습니다. 믿어지지 않는 죽음에 대한 의연함, 그리고 재택 요양은 마지막까지 사람을 사랑하게 합니다.

아들을 가슴에 묻어야 할 때

하나님은 어쩌서 소중한 아들을
이런 상황으로 몰아가시는 건지
하나님을 믿어 온 제가 분노를 느낍니다.

(17세 · 남성)

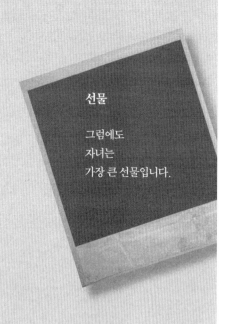

선물

그럼에도
자녀는
가장 큰 선물입니다.

17세 소년인 마사. 그의 아버지가 마사와 함께 목욕하다가 아들의 왼쪽 고환睾丸이 부어 있다는 것을 발견한 것은 저희를 만나기 한 달 반 정도 전의 일입니다. 병원에서 알게 된 사실은 고환암. 서둘러 입원을 하고 치료에 들어갔습니다. 만나기 10일 전에는 전문병원에서 제거 수술을 받은 상태였습니다. 그러나 이 때 종합검진을 통해서 폐와 간, 신문부腎門部1),림프절2) 등에서 다발성 전이가 확인되었습니다. 어렵게 결정을 하고 받은 수술이었음에도 결과는 어째서 이토록 참담한지……. 이런 현실을 부모는 어떻게 받아들였을지…. 그런 것들을 생각하니 지금도 마음이 저립니다.

마사는 뇌수막류腦髓膜瘤3)와 함께 태어났습니다. 한 살 때 수술했으나, 정신발달지체가 남았습니다. 17세로 특수학교 고등부 2학년이었지만, 표현력은 2~3세, 이해력은 3~4세 정도였습니다. 앞을 전혀 볼 수 없지만 집에 있는 화장실은 스스로 다닐 수 있었고, 제일 좋아하는 키보드 연주는 상당한 실력이었습니다.

아버지는 아들을 위해 화학요법을 받아야 할지 말아야 할지 결정하지 못하고 고민에 빠져 있었습니다. 보통의 아이였다면 현재 상태에

---

1) 신문부(Hilus renalis, 腎門部) : 혈관신경 및 요관이 자리잡고 있는 신장의 안쪽 옆 가운데에 있는 오목한 부분이다.

2) 림프절(lymph node) : 림프관과 림프관 사이를 연결하는 결절 모양의 마디. 면역작용을 하는 림프구를 활성화시키는 곳이다.

3) 뇌수막류(encephalocele, 腦髓膜瘤) : 중추신경계가 처음 생길 때부터 두개골과 뇌수막 사이에 결손이 발생해 뇌의 일부가 밖으로 나와있는 선천성 기형. 안면 기형, 뇌기형과 흔히 동반되며 수두증, 뇌성마비, 소두증, 운동 실조증, 발달 지체, 시각 장애, 지적 장애, 간질이 나타날 수 있다.

대해 설명하고 치료 방법에 대해 충분히 상의하고 이해시켰겠지만 마사는 보지도 못하는데다가 이해력도 떨어져서 안정시키기가 상당히 어려웠습니다. 고환 수술을 할 때도 공포와 불안 때문에 크게 어려움을 겪었다고 했습니다. 퇴원한 후에도 한동안은 불안감과 공포감이 지속된 것 같고요. 그런 마사에게 오랫동안 입원해야 하는 화학요법은 견디기 어렵다는 것을 부모님은 알고 계셨을 겁니다.

통증 완화 치료 병동이 있는 병원이나 전문병원을 돌아다닌 후에 마사의 어머니가 우리 병원에 R선생님과의 상담을 위해 찾아오셨습니다. R선생님은 어머니에게 "화학요법을 통한 치료가 있는데, 3년 생존율이 50% 조금 넘습니다."라고 설명했습니다. 그렇지만 어머니는 적극적으로 치료를 하기보다 마사와의 평온한 시간을 집에서 갖고 싶어 했습니다. 이런 어려운 결정을 내리게 된 이유는 이번 악성 종양 발견 훨씬 이전, 즉 마사가 출생했을 때부터 시작된 긴 투병생활 때문이라는 것이 느껴졌습니다. 저도 마음속으로 아이를 위해 어머니의 의견에 동의하고 있었는지도 모르겠습니다.

어머니가 R선생님을 만나러 오신 그날 밤 저는 선생님과 함께 마사의 집을 찾아갔습니다. 마사의 현재 상태를 알아야 했고 병원에 오지 못하신 아버지와도 이야기를 나누어야 해서였습니다. 그러고 나서 모든 것을 결정하기로 했습니다.

마사는 부모님과 열네 살 남동생과 넷이서 함께 살고 있었습니다. 거실 옆 다다미방에 마사가 안전하게 지낼 수 있는 전용 공간이 있었는데 그의 옷이 정리되어 있는 낮은 서랍장, 연주에 심취하는 미니 키보드,

TV가 놓여 있었습니다.

서랍장의 한 쪽은 마사가 늘 몸을 기대고 있는 탓인지 베이지 색 칠이 벗겨져 있었습니다. 그 자리는 마사의 특등석인 것 같았습니다. 어머니가 일하는 주방, 식사를 하는 거실도 모두 가족이 언제든지 마사와 함께 있을 수 있는 장소였습니다.

태어나서부터 17년 동안 가족들이 온 애정을 쏟으며 소중히 보살펴온 흔적이 그 방 전체에 묻어 있었습니다.

아버지는 첫 만남임에도 어두운 표정으로 말했습니다.

"이 아이에게 세 번이나 나쁜 일을 했어요. 첫 번째는 태어났을 때 얼마 동안 그대로 둔 일. 두 번째는 션트[4]가 막혀 입원시킨 일. 세 번째는 이번에 조금 더 빨리 발견하지 못한 일. 제가 조금만 더 빨리 발견했더라면 하고 생각하면 너무도 불쌍해서……, 화학요법을 받으면 나을 수 있을까요?"

아버지는 어머니와는 다른 생각을 하는 듯 보였습니다. 아버지는 언뜻 보기엔 온화하고 점잖은 인상이었습니다. 말하는 것도 조용조용했습니다. 그러나 그가 말하는 한 마디 한 마디에는 강한 자책감과 흐느낌이 섞여 듣는 사람의 가슴을 찔러 왔습니다. 어째서 자기 아이가 이런 가혹하고 끔찍한 상황을 한 번도 아니고 몇 번이나 당해야 하는지에 대한 마음속의 절규가 느껴졌습니다. 마사에게 지금 무엇을 해 주는 것이 가장 좋은 것인가를 마사의 입장이 되어 생각하고 있는 어머니와

---

4) 션트(shunt) : 뇌척수액이 뇌에 차면 점점 뇌압이 올라가게 되는데 이를 떨어뜨리기 위해 뇌에 차오른 뇌척수액을 복강이나 흉강으로 흘려보내는 관

는 대조적이었습니다.

'아버지의 자책감이 너무 큰 것 같아.' 하는 것이 첫 방문에서 가장 강하게 남은 인상입니다. 이 날 부모님과의 대화로 일단 집에서 터미널 케어terminal care[5]를 해 나가는 방향으로 정리되었습니다. 그러나 그 전에 입원생활이 마사에게 얼마나 스트레스를 주는지 저희가 실제로 알아야 할 필요는 있었습니다. 때마침 재택 관리에 유용한 케모포트chemoport[6]수술을 하게 되어 2박3일 간 입원을 해야 했습니다. 부모님도 병원에서 마사와 함께 지내게 되었습니다. 2박3일 간의 입원에는 또 하나의 의도가 있었습니다. 아버지에게 지금은 재택 요양이 최선의 선택임을 확인시켜 드리고 싶었던 것입니다.

입원하여 지내게 될 병실에 다다미를 넣고 이불을 깔아, 가능한 한 집과 가까운 환경을 만들어 주었습니다. 그러나 마사는 부모님이 붙어 있어도 환경의 차이를 몸으로 느끼며 안절부절 못하며 저항했습니다. 이번 입원에서도 마사의 공포와 불안은 극에 달했고 이전과 별반 다르지 않았던 모양이었습니다.

'이런 상태로는 입원해서 화학요법을 받는 것은 정말 힘들어. 단지 연명만을 위해 마사의 인격을 짓밟는 게 될지도 몰라. 역시 어머니가 말씀하신 것처럼 집에서 가족과 평온하게 생활하는 게 마사가 마지막 까지 사람답게 지낼 수 있는 길인 것 같아.'

---

5) 터미널케어(terminal care) : 인생의 종착역에서의 돌봄이라는 뜻. 말기암(末期癌) 환자 등 치유 가능성이 없는 환자를 사망시까지 돌보는 것

6) 케모포트 (chemoport) : 항암치료 때 계속해서 약물을 주입해야 할 때나 수혈, 채혈을 자주 해야 할 경우 체내에 삽입하는 관. 피부 밑에 외부와의 연결부인 포트(port)를 삽입해서 사용한다. 외관상 잘 눈에 띄지 않는다. 일상생활 중에는 따로 소독이 필요 없고 목욕이나 수영도 가능하다.

입원 중인 마사를 보고 저는 이렇게 느꼈습니다.

그나마 2박3일조차 견디지 못해서 입원은 이틀로 조정되었습니다. 부모님은 마사를 속여서 병원에 데리고 온 터라 퇴원 후 얼마간 마사는 부모님을 향해 적개심을 드러내고 반항적인 모습을 보였습니다.

🍒 용기있는 어머니

저희는 마사가 가장 좋아하는 학교를 중심으로 생활하도록 했습니다. 그것이 가장 중요하다고 생각했습니다. 우선은 잠깐이라도 학교에서 지내보고 상황을 보면서 학교에 머무는 시간을 조절해서 점차 늘려가기로 했습니다.

처음에는 조심조심 데리고 가던 어머니도 "학교에 가는 편이 돌아와서도 기분이 훨씬 좋아요." 하면서 아들 마사가 안정되어 있다는 것에 초점을 두었습니다. 그러면서도 병이 어떻게 진행되고 있을까에 대해서는 내심 두려웠겠지요. 그렇지만 어머니의 밝은 성격은 마사를 분명히 안정시키고 있었고, 또 앞으로 가족이 폭풍 속을 헤매게 될 때도 등대가 될 것이 틀림없었습니다.

어머니는 포동포동한 체형으로 화장기도 없이 늘 집에서는 일하기 쉬운 운동복을 입고 지냈습니다. 아주 건강하고 소박한 인상. 시원시원하고 남을 잘 보살필 것 같은 느낌은 아마 세 자매의 장녀로 자라서 그럴 것입니다. 지금까지 17년간, 항상 아들의 제일 가까운 곳에서 사랑을 마음껏 쏟아 부어왔기에 집에서 마사가 더 이상 고통 받지 않고 편히 지내도록 결정을 내릴 수 있었다고 생각했습니다.

반면 아버지는 심란한 나날을 보내고 있었습니다. 방문했을 때 어머니와는 다르게 걱정스러운 일들에 대해 많은 질문을 쏟아 놓았습니다.

"갑자기 상태가 악화될 수도 있나요? 제 아버지는 내일 퇴원한다고 들은 그 날 덜컥 돌아가 버리셔서……" 하고 안심 못하는 눈치였습니다. 그런 경험이 있는 분이라면 더욱 불안해지는 것은 당연합니다.

어떻게 대답해야 위로가 될까요. 저는 아버지 마음속에 귀를 기울이고 필사적이다시피 적당한 말을 생각해내려고 애를 썼습니다.

아들의 병을 낫게 하고 싶은 것이 아버지로서 당연한 것이겠지만 그러기를 바랄 수 없다는 것이 아버지는 너무나 가슴 아팠을 것입니다. 눈앞에서 점점 사그라져 가는 아들을 보고만 있어야 하는 부모의 마음이 오죽하겠습니까. 그럼에도 아들이 곧 떠나고 말 것이라는 것을 받아들여야만 한다는 것, 그 사실이 아버지의 가슴을 마구마구 찢어놓았을 것입니다.

마사는 가족 아닌 남들이 오면 민감해져서 '어떤 나쁜 일을 당하는 건 아닐까'라고 할 만큼 방어적으로 변합니다. 청진기를 데려고 하자마자 "싫~어, 싫다구!" 하고 저항합니다.

마사가 스트레스를 안 받을 수 있도록 하고 또 저희를 마사가 친구로 받아들여 주도록 그가 싫어하는 일은 되도록 삼갔습니다.

방문을 시작한 후 연말연시를 낀 약 두 달 동안은 증상이 안정되었고, 마사가 아주 좋아하는 학교생활로 복귀할 수 있었습니다. 연말에는 가족과 친척과 함께 온천여행도 다녀왔습니다. 마사도 가족도 약속되어 있던 마지막을 최선을 다해 보내고 있는 것입니다.

저는 그 사이에 앞으로 상태가 악화되었을 때 마사와 가족을 어떻게 보살피는 것이 좋을지 각각의 반응을 보면서 찾아보고 있었습니다.

1월말. 마침내 통증이 시작되었습니다. 통증을 완화시키기 위해 여러 가지 방법을 사용하는데 마취 성분이 있는 진통제의 경우, 경구용도 있고, 좌약도 있으며 피하 주사로 지속적으로 주입하는 방법도 있습니다. 예전과는 비교할 수조차 없을 정도로 재택 요양의 대처 방법이 많아졌습니다.

그러나 문제는 마사의 표현력에 있었습니다. 어디가 어느 정도 아픈지, 약의 효과가 어느 정도로 있는 건지 등을 판단하는 것이 정말 어려웠습니다.

"통증의 정도를 도대체 알 수가 없어서……." 하고 어머니도 초조한 기색입니다.

"밤중에 엉덩이가 아픈 것 같았는데, 노래를 부르며 문질러 주었더니 잠들었어요. 약을 써야 했을까요?" 이렇게 말하는 아버지는 또 자신 때문에 악화되지는 않는 건지 불안해 했습니다. 두 분 모두 마사의 작은 행동 하나에도 예민하게 반응을 하고 있었습니다.

저는 마사가 제일 좋아하는 목욕은 하고 있는지, 화장실까지 걸어서 갈 수 있는지, 학교에 여전히 가고 싶어 하는지 등 보이는 일상생활의 포인트를 구체적으로 들어서 객관적으로 판단하여 통증의 기준으로 삼아 주시길 제안했습니다. 또한 제일 먼저 부모가 '괜찮아.'라는 마음을 가지고 마사를 대하는 것이 중요하다는 것을 방문 때마다 이야기했습니다. 그리고 이 무렵부터 방문횟수를 늘려 어떤 세세한 것이라도 상담에 응할 수 있는 환경을 만들고, 조금이라도 부모님의 불안을 덜어드리려고 노력했습니다. 부모님은 이후 조금씩 냉정함을 되찾아 갔습니다. 하지만 안심한 것도 잠시, 이번에는 매 시간 복용해야 하는 진통제를 거부하고 식욕을 잃어버려 산을 하나 간신히 넘었다고 생각했는데 다시 거대한 산이 눈앞에 나타난 것 같았습니다.

"진통제를 못 먹게 되는 것이 지금 가장 걱정이에요. 자기가 싫어지면 뭐가 어찌되든 먹지 않으니까요. 그래도 진통제만은… 하는 생각에 초조해져요."

어머니의 스트레스도 심해진 것 같았습니다만, 한편으로는 마사에게 지금 무엇을 해야 하는지, 무엇이 우선인지에 대해 최선을 다해 객관적으로 보고 대응하려 노력하고 계신다는 것을 느꼈습니다. 그것이 가능한 어머니는 과연 용기 있는 어머니였습니다. 그 강인함에 저도 몇 번이나 감동했습니다.

"먹지 못하게 되면 어떻게 하죠? 단시간에 링거로 영양보급이 가능한가요? 왠지 이대로 점점 야위어 가는 것만 같아서……."

아버지는 현실을 눈앞에 두고 아들과 똑같은 아픔을 느끼고 있는 것 같았습니다. 아무리 머리로는 이해하고 있더라도 마음으로도 인정한다는 것은 강한 사람이라도 너무 힘든 일입니다. 부모님의 예민해진 분위기가 민감한 마사의 마음에 전해질까 걱정이 앞섰습니다. 또한 마사가 반발하게 되어 더 힘들어지지 않을지! 이로 인해 악순환의 고리가 시작되는 것은 아닌지. 불안함과 걱정 속에서 다시 한 번 냉철하게 판단해야 될 시기가 왔다고 느꼈습니다.

　진통제에는 좌약도 있으니 먹고 싶어 하지 않으면 억지로 먹이지 말 것과 마사가 싫어하는 것을 하지 않는 것이 재택 요양의 가장 좋은 점이라는 것을 반복해서 말씀드렸습니다. 특히 아버지가 제 이야기를 마음으로 받아들이기를 간절히 바랐습니다.

　이러한 상황을 지나면서 어머니는 저희의 판단과 충고를 충분히 받아들여 필요한 때는 마사의 상태를 냉정하고도 객관적으로 지켜볼 수 있을 만큼 변해 있었습니다. 그러나 아버지는 아직 시간이 좀 더 필요해 보였습니다.

　'마사의 시간이 끝나는 것과 아버지가 아들의 상태를 인정하는 것 중에서 어느 쪽이 빠를까…….'하고 저는 마치 가슴 아픈 내기에 도전하고 있는 듯한 기분이 들었습니다.

　저는 이 무렵부터 아버지에게 지금의 마사와 그 현실을 인정하고 담담히 받아들일 수 있도록 설득해 나가기로 결심했습니다.

　마사가 가장 편안하고 인간답게 마지막을 지낼 수 있는 것이 아버지가 바라고 있는 방법과 차이가 있다 하더라도 아들의 상태에 아버지가 맞춰질 수 있도록 지속적으로 상담했습니다.

　마사의 병이 진행되어 재택 요양을 계속한다는 방침은 부모와 의료팀 모두 흔들리지 않았습니다. 가족은 각자의 생각 중에 갖가지 갈등을 떠안고 있으면서도 마사가 가장 편안해 할 수 있는 것에 가치를 두고 있었던 것입니다.

🍎 아버지의 수용

통증의 조절에 있어서는 어머니의 적절한 판단을 기준으로 약을 쓰고 있었고, 잘 되고 있었습니다. 그러나 병이 계속 진행될수록 마사의 기력이 눈에 띄게 떨어지기 시작하여 그렇게 좋아하는 학교에 가거나 목욕하는 일조차 버거워하게 되었습니다.

"어제는 몸을 둘 곳이 없었는지 이리저리 뒤척이더라고요. 상태가 안 좋아서 밤중에 전화 상담을 드릴까 하고 생각도 했었지만, 그 후에 잠들어서……. 애 아빠요? 안 깨웠어요. 틀림없이 어젯밤의 상태를 보았다면 황급히 구급차로 병원에 데리고 갈 거라고 생각했거든요. 남편이 더 걱정이에요. 아직 몇 달이나 더 살 수 있을 거라 믿고 있는 것 같아서요. 먹지 못하게 되면 봄방학 때는 입원시키겠다고 그러더라고요. 마사의 의식이 사라지면 아버지가 원하는 대로 해주고 싶지만, 지금은 아직 마사를 위해서 집에 있게 해주고 싶어요."

어머니의 말 한마디 한마디가 제 마음을 울렸습니다. 어머니의 심정을 아주 잘 알 수 있었습니다. 동시에 아버지의 기분도 손에 잡힐 듯 이해할 수 있었습니다. 어머니는 마사의 기분뿐 아니라 아버지까지 배려하고 있었습니다. 이런 경우는 흔하지 않습니다.

보통의 부모들은 자녀가 치료 불가능한 병으로 시한부 삶을 살아야 한다는 것이 자신에게 닥칠 것이라고 생각하지 않습니다. 또한 이를 경험하지 않는 사람이 대부분입니다. 그래서 이런 경험을 하게 되는 사람들은 한 번도 생각조차 하지 못한 큰 덫에 걸렸다고 생각합니다.

일상적인 생활을 하고 있었다면 생각도 할 필요가 없었던 인생관·가치관·생사관生死觀 등에서 문제가 불거져 부부 간에 충돌하기도 합니다. 말로는 표현할 수 없는 갈등이 있을 수도 있습니다. 그것을 과연 부부가 함께 견뎌낼 수 있는가. 저는 할 수 있는 게 당연하다고는 생각하지 않습니다. 아이의 병이 원인이 되어 헤어진 부부도 있는 것이 현실이니까요. 저는 어머니의 마음이 아버지에게도 전해질 수 있도록 조금이나마 힘이 되어 도와드리고 싶었습니다.

이 무렵 아버지는 다시 간병을 위해 휴가를 냈습니다. 아버지의 아들을 향한 애틋한 사랑이 강하게 전해져 왔습니다. 그러나 상태가 나쁠 때 마사는 "어 엄마, 어 엄마." 하면서 어머니만을 찾습니다. 과연 아버지에게는 어떤 역할이 있는 것일까. 마사의 아버지는 그것을 열심히 찾고 있는 듯 느껴졌습니다.

"하나님은 어째서 소중한 아들을 이런 상황으로 몰아넣으시는지. 하나님을 믿는 사람이지만 이제 하나님을 향해 분노마저 느낍니다."

가족 중 아버지만이 크리스천이었습니다.

갈 곳 없는 분노와 외로움, 괴로움을 아버지가 진심으로 믿고 있는 하나님에게 쏟아 붓고 있었겠지만, 그것은 마사의 병을 고쳐낼 수 없는 저희를 향한 말로도 느껴졌기에, 마음이 아팠습니다.

그러나 한편으로는 아버지가 감정을 표출하는 것이 다음 단계로 이어질 수 있는 가능성이라 생각되어 가슴이 시원할 때까지 털어놓도록 노력했습니다.

병이 악화되는 중에도 부모님은 각각의 입장에서 마사를 위해 할 수 있는 일을 최대한 해주고 있었습니다. 상태가 조금이라도 좋은 때는 마사가 아주 좋아하는 피아노 레슨에 데리고 가거나 드라이브를 하거나 하면서 기분전환이 되도록 했습니다. 제가 보기에는 남은 시간에 가능한 모든 애정을 쏟는 것으로 슬픔을 잊으려 했던 것이라 느껴졌습니다.

마사가 죽기 3주 전, 아버지는 목사님에게 부탁하여 집에서 병상病床세례를 받게 했습니다.

"주말에 상태가 나빠진 후 당황했지 뭡니까. 마사가 죽는다는 것은 지금도 생각하기 싫습니다. 하지만, 이대로 가버린다고 생각하면……."

아버지의 '마사의 죽음'에 대한 수용의 첫 발이며 아들이 먼저 가는 것을 인정하기 위해 필요한 의식이었다고 생각합니다. 저는 한 순간이나마 안심했습니다. '아버님, 여기까지 잘 버텨 오셨어요.' 하는 심정이었습니다.

이즈음 휴일과 야간에도 호출기가 울리는 일이 빈번해졌습니다. 그 때마다 전화 상담을 통해 어머니의 기분을 듣고, 공감하려고 노력했습니다. 부모님은 믿음직스럽게 마사가 바라는 것들을 해 주었다고 생각합니다. 병상세례 후 일주일 정도가 지나서 아버지가 이런 상담을 해 왔습니다.

"곧 차량검사기간이 됩니다. 새 차를 사려고 하는데, 다음 차도 마사가 탈 수 있는 것으로 고르는 편이 좋다고 생각하세요?"

이 때 저는 '지난 번 세례는 도대체 뭐였죠?' 라고 묻고 싶을 정도로 솔직히 깜짝 놀랐습니다.

'아버지에게 쏟았던 우리의 노력은 모두 허사였나?'

저는 흔들리고 있었습니다. 그러나 생각해보면 당연한 질문이었는지도 모릅니다. 그래서 저는 이렇게 대답했습니다.

"마사는 거기에 있어요. 마사는 가족의 일원으로 앞으로도 계속 그곳에 있을 거예요. 다만 얼마 후에는 가족의 마음속에서만 존재하게 되겠지요. 아버님, 괴로우시겠지만 새 차에 마사가 타지는 못해요. 그런 말씀을 자꾸 하시면 마사는 아버지가 걱정되어서 평안히 하나님 곁으로 갈 수 없어요."

그 무렵은 저희와 아버지와 마음의 교류는 충분히 이루어지고 있다고 믿었지만 그래도 아버지를 벼랑 끝에서 밀어버리는 것과 같은 말이었을 것입니다. 하지만 가족의 중심이었기에 이 현실을 제대로 봐 주었으면 하는 것이 제 바람이었습니다. 아버지는 조용히 고개를 끄덕였습니다. 과연 그 말을 어떻게 받아들였는지……. 말하는 저도 몹시 괴로운 말이었습니다.

2주가 지난 어느 날, 마사는 평소와 다름없이 어머니가 주는 주스를 마신 후 잠시 있다가 하늘로 떠났습니다. 부모님만이 그것을 지켜보았고, 호흡이 멈춘 후 저희에게 연락이 왔습니다.

저희 의료팀은 마사가 가능한 좋은 기분과 상황에서 안심할 수 있도록 하는 것을 가장 중요하게 생각해 왔습니다. 그래서 부모님에게 늘 마사 편에 서서, 싫어하는 것을 강요하지 말고, 하고 싶은 것을 할 수 있도록 돕는 역할을 부탁했습니다. 그러기 위해서는 마사의 죽음을 받아들여야만 했고 자신들의 감정보다 마사의 기분을 우선해야만 했다고 생각합니다.

하지만, 그것은 죽어가는 내 아이를 눈앞에 두고도 아무것도 하지 말아야 하는, 부모로서 도저히 용납할 수도 없을 만큼 고통스럽고 슬픈 일이었다고 생각합니다.

저는 가족 모두가 마사가 공포와 고독을 느끼지 않고 안심하고 하나님의 곁으로 갈 수 있도록 배웅해 줄 수 있었다고 지금도 믿고 있습니다. 마사가 떠나고 일주일 후 부모님과 동생이 저희를 방문했습니다.

"남편이 지금 이럴 수 있는 것은 남편의 기분을 여러분이 정말 잘 이해해 주셨고 소중히 생각해 주셨기에 가능하다고 생각해요. 저도 마찬가지구요."

어머니의 말이었습니다.

아버지는 장례식 인사에서와 같이 "이렇게 잘 돌봐주신 병원을 마지막에 찾을 수 있어서 마사도 저희도 다행이라 생각합니다."라고 저희에게 최고의 말을 남겨 주셨습니다.

제 경험입니다만, 치료에 대한 가망이 없어 재택 요양을 선택한 환자와 가족은 이미 병원의 치료과정에서 좌절을 맛보고 숱한 고민과 상처와 투병과 간병으로 인해 완전히 지쳐버리게 됩니다. 그런 시간을 보냈기 때문에 집에서 마지막을 보내는 것에 대해 희망을 걸게 되는 것 같습니다.

이런 환자와 가족의 마음을 그대로 받아들여 재택 요양이 환자가 '싫어하는 일은 하지 않고', '억지로 애쓰지 않아도 되며' '안심할 수 있는' 선택이 되도록 가족을 지원해 나가는 것이 중요하다고 마사와 함께 하는 시간을 통해 다시금 깨달았습니다.

어린 아이의 재택 요양은 창창한 미래를 더 이상 열어줄 수 없다는 자괴감과 부모보다 먼저 가는 아이에 대한 슬픔과 고통 때문에 언제나 마음이 무겁습니다. 자녀는 어떤 상황에서든 가장 귀한 선물입니다. 결코 포기할 수 없는 너무나 소중한 존재지요.

이런 선물을 먼저 보내야 하는 상황은 생각도 하기 싫은 일입니다. 그래서 아이가 가장 행복하게 생을 마감하고 가족이 슬픔 속에서도 조금이라도 후회를 덜어낼 수 있는 간병을 할 수 있도록 저희는 지원해 가고자 합니다.

어린 아이나 청소년의 재택 요양은 의료경제적 측면에서 볼 때, 힘든 것이 현실입니다. 그러나 아이에게도 가족에게도 의미意味가 있기 때문에 앞으로도 적극적으로 지원해 갈 수 있기를 바랍니다.

인생은 마지막도 아름답다

가장 소중한 건 할멈.
자식들도 모두 사이좋게 지내고
후회 없는 인생이야.
(87세 · 남성)

후회 없는 삶

물이 흐르듯
위에서 아래로 흐르는 것이
인생입니다.

✿ 보호자가 환자로

　시게조 할아버지는 5년 전부터 방문하고 있던 쿄코 할머니의 남편이었습니다. 4층 건물의 2층이 할아버지 부부, 3층이 장남 가족, 4층에는 장녀 가족이 살고 있습니다.

　쿄코 할머니는 뇌혈관 장해의 후유증으로 오연誤嚥[1] 증세와 ADL activities of daily living[2] 저하가 있어 침대 위에서 생활하면서 위루胃瘻[3]로 영양을 섭취하고 있는 상태였습니다. 방문을 시작한 무렵에는 자신의 상태를 받아들이지 못해 우울증 경향을 보였고, 말도 거의 없는 상태였습니다. 간호는 딸과 며느리가 주로 하고 있었습니다.

　그 후 몇 년 동안 가족의 헌신적인 간병이 빛을 보게 되어 대화도 많아지고 아이스크림과 홍차를 즐길 정도로 회복되어 있었습니다.

　할아버지는 직접 쿄코 할머니를 돌보지는 않았지만 정신적인 지주였습니다. 거실의 한 편에 할머니의 침대가 할아버지가 주로 지내는 공간이 보이도록 자리 잡고 있었고, 난청 기미가 있는 할아버지는 늘 볼륨을 크게 해서 텔레비전을 보고 있었습니다. 그 집을 방문하면 할머니의 병에 대한 이야기는 주로 딸과 며느리와 했지만 보디가드 같은 할아버지는 묵묵히 자리를 지키는 것만으로도 대단한 존재감을 느끼

---

1) 오연(誤咽) : 음식물을 잘못 삼켜서 기관에 들어가는. 또 화폐, 생선뼈, 의치, 바늘, 못 등을 잘못 삼킨 것을 말한다.
2) ADL(activities of daily living) : 일상생활동작. 일어나고 앉고 돌아다니고 썻고 식사하고 배변하고 말하고 글을 읽거나 쓰고 썻고 옷 입거나 벗고 각종 기기들을 사용하는 등의 동작을 말한다.
3) 위루(gastric fistula, 胃瘻) : 입이나 식도, 위 등에 병이 있거나 음식물을 삼키고 통과시키는 데 장애가 있어 입으로 음식을 섭취할 수 없는 경우, 또는 음식물이 질병이 발생한 부분을 지나지 않게 해야 할 필요성이 있을 때 일시적으로 또는 영구적으로 위에 관을 삽입해서 몸 바깥으로 연결시켜 놓은 것. 주로 영양공급을 위해 사용한다.

게 했습니다.

쿄코 할머니의 방문을 시작한 지 2년 정도가 되던 어느 날 딸은 의외로 시계조 할아버지 문제로 저에게 상담을 요청해 왔습니다.

"아버지가 오른쪽 전두엽에 종양이 있는 것 같아서 말이죠. 뇌외과 선생님에게서 들었어요. 하지만 나이도 나이고, 증상이 없으니까 이대로 경과를 보도록 하자고 하시던데 괜찮을까요?"

걱정스러운 듯 이야기하는 딸과 건너편에서 상관없다는 표정으로 태연하게 텔레비전을 보고 있는 할아버지.

"아버님이 여든 일곱이시죠? 통증과 고통이 없으면 선생님 말씀대로 지금처럼 일상생활을 계속하시도록 하는 게 나을 것 같네요."

저는 이렇게 말씀드리면서도 '혹시 정말로 병상 생활을 하게 된다면 여기 침대가 하나 더 들어오는 건가?' 하는 원인 모를 불안이 마음을 스쳐 지나가고 있었습니다. 그때부터 할머니를 방문하면서 할아버지의 몸 상태에도 신경을 쓰게 되었지만, 별다른 문제가 발생하지 않는 것 같아 안심이 되었습니다.

그런데 문제는 전두엽의 종양이 아닌 의외의 것이었습니다. 어느 날 병원 외래에서 장남, 장녀와 함께 휠체어를 타고 고통스러워하는 시계조 할아버지를 발견했습니다. 심부전$^{心不全4)}$이라고 했습니다.

알고 봤더니 그는 십 수 년 전에 심근경색$^{心筋梗塞5)}$ 진단을 받았었는데

---

4) 심부전(cardiac failure, 心不全) : 심장 기능에 이상이 생겨 온몸에 혈액을 제대로 공급하지 못해서 생기는 질환. 원인으로는 심장판막증 · 고혈압 · 심근경색 · 갑상선기능항진증 · 만성폐질환 · 동맥경화증 등이 있다.

5) 심근경색(myocardial infarction, 心筋梗塞) : 심장에 영양을 공급해 주는 관상동맥이 갑자기 막혀버려 심장에 영양을 공급하지 못해 심장근육이 죽어가는 현상

나이가 들면서 심장기능이 더 떨어진 모양이었습니다. 머리에 생긴 종양에만 신경을 뺏겨 있다가 갑작스런 일에 당황했습니다.

가족의 건강관리도 방문 간호사의 아주 중요한 역할입니다. 재택 간호 중 가족의 누구라도 병에 걸리면 재택 간호는 힘들게 됩니다. 그래서 담당 방문 간호사는 가족의 건강도 세심하게 살펴야 합니다.

시게조 할아버지가 갑자기 얼굴과 발이 붓고 호흡곤란이 나타났는데 그것을 더 빨리 알아차리지 못한 저는 그와 가족에게 죄송스러운 마음뿐이었습니다.

일단 할아버지는 이뇨제를 받아 집으로 돌아갔는데, 그로부터 얼마 후 같은 증상이 다시 나타나, CCU coronary care unit[6]에 입원하게 되었고 정밀 검사를 받았는데 심장 기능이 현저히 저하되어서 돌연사의 가능성도 있다고 했습니다.

그리고 또 하나의 문제가 생겼는데 할아버지가 병원에 입원하고 치료받고 하는 등의 갑작스런 환경 변화에 완전히 적응하지 못한 채 힘들어 하셨다는 것입니다. 연령에 비해 정정하셨는데 입원하고는 치매증상도 보였습니다.

이런 할아버지의 모습을 보는 자녀들은 처음에는 당황했지만 '가능하다면 집에서 아버지로서 계속 지낼 수 있도록 해 드리고 싶다'고 결정하여 할아버지의 재택 간호가 시작되었습니다.

새해가 되자마자 입원한 그는 짧은 기간 치료 받고 무사히 퇴원할 수

---

6) CCU(coronary care unit) : 관상동맥질환 집중치료병동 또는 병실. 관상동맥은 대동맥에서 갈라져서 심장에 붙어 있는 동맥을 말하며 심장에 영양을 공급하는 역할을 한다.

있었습니다. 이제 저희 방문팀은 쿄코 할머니, 시계조 할아버지 부부에 대한 방문 간호를 하게 되었습니다.

🍎 가족의 결속

쿄코 할머니의 증상은 안정되어 있었기 때문에 수년 간 주 1회씩 방문하고 있었습니다. 그러나 할아버지의 경우는 심부전이 악화되지 않도록 체중과 붓기 등의 상태를 보면서 이뇨제량을 정밀하게 정해야 했습니다. 또 갑자기 일어난 일이라 가족도 어떻게 할지 몰라 방향을 못 잡고 당황했기에 일주일에 2회씩 방문하기로 했습니다.

쿄코 할머니의 남편으로써 환자의 보호자였던 할아버지를 앞으로는 환자로 마주하게 되었습니다. 저희 방문 간호사도 할아버지도 서로 처음에는 많이 어색했습니다.

"지금까지 90년 가까이 열심히 살아왔으니까 괜찮아."

집으로 돌아온 그는 편안하고 위풍 있게 저를 맞아주었습니다. 그러나 실제로 심장은 아슬아슬하게 뛰고 있는 상황입니다. 저희는 체중과 몸의 붓기, 섭취한 수분량과 배출된 소변의 양 등을 종합적으로 보면서 이뇨제의 양을 올리거나 내리고 또한 그 방법을 가족에게 가르쳐 주어야 했습니다.

쿄코 할머니와 시계조 할아버지. 이 노부부는 이제 모두 간병의 대상이 되었습니다. 한 집에 두 사람의 환자. 가족에게는 엄청난 부담입니다. 그들 모두에게 이해와 협력이 절실히 요구되는 때였습니다. 더욱이 할아버지는 이제껏 생각한 적이 없었던 돌연사의 가능성까지 있어서 빙판 위를 걷는 위험과 불안도 한 번에 껴안아야만 했습니다.

집에 가 보니 전에 막연히 상상했던 일이 현실이 되어 있었습니다. 이어진 두 방에 두 개의 요양용 침대가 세로로 주차한 것처럼 놓여 있었습니다. 안타까움이 앞섰습니다. 그리고 지금은 사이좋게 놓여 있는 두 개의 침대 중 가까운 장래에 하나가 먼저 사라질 것이라 생각하니 뭐라 말할 수 없는 먹먹함이 가슴을 짓눌렀습니다.

환자가 두 명이 되면서 간병의 체제도 강화되었습니다. 밤에는 노부부만 지내던 2층에 3층에 살고 있는 장남이 저녁부터 아침까지 함께 머물며 살피기로 했습니다. 가족은 금방 익숙해졌습니다. 역시 지난 수년간 간병 경험을 가진 베테랑다웠습니다. 저희가 알려준 간병 지침도 빠르게 이해하여 실행했습니다.

시게조 할아버지는 이제껏 90년 가까이 큰 병도 앓지 않고 건강하게 지내온 분이었습니다. 할머니에게는 최고로 자상했지만 자식들에게는 엄격하고 완고한 아버지였다고 합니다. 그러나 병은 모든 것에 제동을 걸게 됩니다.

심부전 악화를 예방하기 위해 이뇨제 등의 약만으로는 불충분합니다. 할아버지가 마실 물의 양도 조절해야 하고 활동도 자제하고 가만히 안정을 유지해야만 합니다.

하지만 그것은 할아버지를 못 견디게 하는 것들이었습니다.

"정말 못 참겠어. 이렇게 답답한 노릇은 처음이야!"

할아버지는 견디다 못해 노골적으로 불만을 이야기합니다. 그에세 현재의 상황을 이해시키고 모든 습관을 바꾸라고 하는 것은 나이로 봐서도 불가능에 가까운 일입니다. 더욱이 자녀들에게 완고한 아버지였기에 여러 가지로 제한하는 것을 참지 못하는 것 같습니다.

"밤중에 몰래 물을 드시러 가잖아요. 아침이 되면 자꾸만 체중이 늘어 있어서 낮에도 물을 한 컵만 드렸더니 이것뿐이냐고 화를 내시고……."

딸들도 어느 장단에 맞춰야 할지 모르겠다는 눈치입니다. 음식을 제한하는 것은 확실히 괴로운 일입니다만 제한해야 나중에 더 괴로운 일을 막을 수 있기 때문에 그것을 양보할 수는 없습니다. 그래서 이런 부분에서는 방문 간호사의 수완이 중요한 역할을 하게 됩니다.

가족들은 말 안 듣는 아버지 때문에 순간순간 갈등을 겪어야 했습니다. 나중에 찾아올 아버지의 고통을 덜기 위해 물의 양을 줄이라는 의사의 지시를 따라야 할 것 같기도 하고 다른 한편으로는 결국 아버지를 위한 일인데, 그냥 아버지가 원하는 대로 해드리는 것이 정답인 것처럼 보이기도 했기 때문입니다.

'이제 할아버지가 하고 싶은 대로 내버려두는 편이 낫지 않을까? 마지막까지 시간도 많이 남지 않았을 텐데…….'

저 역시 쉽게 결정 내리지 못했습니다. 그러나 다른 대부분의 일들은 모두 의견을 모아 함께 결정해 나갔습니다.

"어허, 기분 좋다. 이렇게까지 해주다니……. 고맙구먼."

몸을 닦아 드리니 기분 좋은 듯 눈을 감고 미소를 짓고 계셨습니다. 그 모습 하나에 저희도, 가족도 그동안의 간병 스트레스를 모두 잊어버리고 활력을 되찾을 수 있었습니다.

　방문이 시작되고 한 달 반. 이뇨제로만 치료하다가 강심제^{强心劑7)} 투약을 시작했습니다. 고통 받지 않고 집에서 지내기 위해서는 어쩔 수 없는 선택이었습니다.

　이 무렵부터 큰딸을 중심으로 상태가 악화된다면 계속 재택 요양을 할지, 입원해야 할지에 대한 문제와 아버지의 생을 어떻게 마감하게 해 드리는 것이 가장 좋을지에 대해 이야기를 나누기 시작했습니다.

🍎 집에서 죽겠다

　이뇨제와 강심제를 병용^{竝用}한 결과, 기대 이상의 효과가 나타나기 시작했습니다. 할아버지의 몸 상태는 모든 면에서 호전되었습니다. 늘 불안하고 위태로운 순간들을 지나야 했는데 그때는 그런 걱정이 사라진 것 같았습니다. 저도 그에게 남겨진 시간이 조금이나마 연장된 것으로 인해 한숨 놓을 수 있었습니다.

　그러나 할아버지는 자신의 몸 상태가 정말 좋아진 것으로 생각하고는 아무것도 하지 않고 가만 있는 것을 못 견뎌 했습니다.

　"이야~. 정말 좋아졌어. 이제 밖에 나가도 되지?"

　"컨디션이 좋아서 말이야. 잠깐 저기까지 나가려고 했더니 딸에게 들켜버렸지 뭐야. 허허."

---

7) 강심제(cardiac stimulants, 强心劑) : 기능이 약해진 심장을 강화하여 정상적인 역할을 하도록 하는 약물. 심장의 근육을 강화하거나 중추신경을 흥분시켜 심장에 자극을 준다.

"아직 밖에 나가면 안 될까? 아무렇지도 않은데……."

밖에 나가기를 보채기 시작했습니다.

치매가 심해진 것도 이때부터였습니다. 현재의 상태와 외출할 수 없는 이유에 대해 몇 번이고 설명해드렸는데도, 듣고 있을 때만 알아들을 뿐 곧바로 다시 같은 질문을 되풀이하곤 했습니다.

의료진은 할아버지의 스트레스를 조금이라도 줄여주기 위해 삶의 영역을 조금 넓히기로 결정했습니다. 약이 효과를 보여 잠시 안정되긴 했지만, 언제라도 심부전이 다시 악화될 수 있었고 결국은 마지막을 향해 가고 있다는 것에는 변함이 없었습니다. 그래서 언제 갑자기 일어날지 모르는 이별에 대비해 가족과도 충분한 대화를 하도록 했습니다. 그리고 할아버지의 '자기결정권'을 유지하면서 마지막을 보내도록 하기 위해서 물을 못 드시도록 했던 것을 풀어드렸고 실내에서 다니는 것에 대해서는 자유를 드렸습니다. 그리고 그가 가장 바라는 '욕조에 몸 담그기'라는 소원을 들어드리기로 약속했습니다. 좀더 따뜻해질 때까지 기다렸다가 4월말의 어느 포근한 날에 드디어 할아버지께서는 욕조에 몸을 담그게 되셨습니다.

"야아~ 정말 기분 좋았어." 하고 만면에 미소를 띠는 할아버지를 보고 딸도 행복해 했습니다.

그런데 할아버지에게는 또 하나의 소원이 있었습니다.

"할멈을 데리고 꽃구경 가고 싶어."

이것이 바로 그것이었습니다.

그러나 이 댁에는 재택 요양 중인 노인이 두 명입니다. 꽃구경이 말처럼 쉽게 이루어지기는 쉬워 보이지 않았습니다. 하지만 이것도 가족의 적극적인 협력으로 실현될 수 있었습니다. 오랜만에 밖으로 나온 노부부는 매우 만족스럽고 편안한 표정이었다고 합니다.

모두 가족의 헌신과 노력이 있었기에 가능한 일이었습니다. 저는 이 가족의 사랑에 언제나 머리를 숙입니다. 솔직히 부러운 가족이니까요.

요즘 세상에 몇 세대가 한 울타리 안에서 사는 것 자체가 쉬운 일이 아닙니다. 가족 구성원이 줄고 오히려 혼자 사는 인구가 늘어나는 요즘 추세와 반대로 시계조 할아버지는 남보다 몇 배나 노력해서 가족 모두가 생활할 수 있는 장소를 확보했습니다. 가족이 함께 생활한다는 것은 분명 단점보다 장점이 많다고 생각됩니다. 특히 부모님에 대한 존경과 감사의 마음~~. 그 감사의 마음을 자식들은 행동으로 나타내고 있는 듯이 느껴졌습니다. 쉽사리 될 것 같지만 흔한 일은 아닙니다. 이것이 할아버지 부부가 열심히 살아온 생애를 통해 가지게 된 최고의 보물이겠지요.

시계조 할아버지가 재택 요양을 시작하고 4~5개월이 지나면서 저는 가족들이 지쳐간다는 것을 느꼈습니다. 하루도 마음 편히 쉴 수 없는 것이 간병이기에 가족들의 마음과 몸에는 점점 피로가 쌓이고 있었습니다.

쿄코 할머니는 경관영양 經管營養[8] 관리에다 기저귀를 갈아야 했고, 항

---

8) 경관영양(tube feeding, 經管營養) · 관을 통해 영양물을 공급하는 방법. 입을 통해서는 영양물을 충분히 섭취할 수 없는 경우에 이 방법을 사용하고, 식도에서 장에 이르는 각 부위에 수술을 하거나 코를 통하여 관을 삽입하여 영양물을 공급한다.

상 청결한 상태를 유지해야 했습니다. 시계조 할아버지는 매일 체중을 측정하고 하루의 수분량을 점검하고 복용하는 약을 일일이 관리해야 했고 식사 수발도 들어야 했으며 마지막의 위태로운 시기가 거의 되었으므로 늘 지켜보고 있어야 했습니다.

해야 할 일들은 언제나 넘쳐났습니다. 거기다 할아버지의 상태가 조금 나아졌고, 꽃구경과 욕조에서의 목욕도 무사히 마친 후라 긴장이 풀린 듯한 것도 피로를 더 많이 느끼게 한 요인이 되었을 것입니다.

그러나 피로를 느끼고 불평할 틈도 없이 할아버지를 어떻게 보내드려야 할지에 대해 결정을 해야 하는 시간이 되었습니다.

저는 오래 전부터 입원하지 않고 가족 전원이 그를 집에서 보내줬으면 하는 생각이었습니다. 이 가족이라면 그것이 가능하다고 믿고 있기도 했습니다.

단지 그의 곁에서 요양하고 있는 쿄코 할머니가 마음에 걸렸습니다.

"나 때문에 영감이 병에 걸린 거야?"

언젠가 들었던 할머니의 이 말이 귀에서 떠나질 않습니다.

시계조 할아버지는 할머니를 공주처럼 소중히 대했다고 들었습니다. 쿄코 할머니는 자식들에게 아주 온화한 어머니였고 야단치는 역할은 항상 할아버지의 몫이었다고 합니다.

할머니는 할아버지가 언제나 위해 줬기 때문에 조금은 제멋대로인 면도 있었습니다. 모두가 할아버지에게만 신경 쓰고 있으면 서운해 한다거나, 할머니가 싫어하는 위의 튜브를 교환할 때, 딸을 꼬집으며 저항하기도 했습니다. 그래도 어딘가 모르게 미워할 수 없는 귀여운 사람이었습니다. 그런 할머니가 남편의 죽음을 어떻게 받아들일 수 있을까요? 그것도 아주 가까운 자리에서 지켜볼 수 있을까요?

할머니는 남편이 진찰받거나 치료받고 있을 때에는 뒤에 있는 침대에 누워 걱정스럽게 이쪽을 힐끔힐끔 바라보았습니다.

"영감님은 괜찮으세요." 하고 진찰 결과를 알려드리면 그제서야 안심한 표정을 짓습니다. 실은 가족도 저희도 할아버지도 그녀를 먼저 보낼 것이라 생각하고 있었는데 어쩌다보니 순서가 바뀌어 버렸습니다.

"오시카와, 저희가 좀 더 노력해서 아버지가 가장 편안해 하시는 집에서 마지막을 보내시도록 해 드리고 싶어요. 식구들 모두 같은 생각이구요. 가능하면 아무도 모르게 편히 가시면 좋겠지만, 그게 뜻대로 되는 일은 아니고……, 무슨 일이 있을 때 당황할지도 모르지만 그때는 좀 도와주세요."

아버지의 죽음을 준비하는 큰딸의 말이었습니다. 그 말을 들으며 시계조 할아버지가 집에서 평안하게 돌아가실 수 있다면 무슨 일이든 할 수 있겠다고 저는 생각했습니다.

이 일 후로 저희는 불안해하는 가족을 안심시키고 할아버지의 상태를 지켜보기 위해 24시간 대기하기로 했습니다. 가족들도 아버지의 마지막 순간을 함께하기 위해 곁을 떠나지 않고 지켰습니다.

계절은 여름으로 들어왔습니다.

"고마우이. 더운 날에 미안허네."

상태가 좋으면 저희를 생각해 주시는 할아버지를 대할 때마다 마음이 뭉클해집니다.

"할멈보다 내가 먼저 가게 생겨서 말이야. 이렇게 되면 안 되는 건데……." 하고 할머니를 생각하는 마음도 변함없습니다.

"할멈 곁으로 좀 데려다 주겠나."라고 하시면 휠체어로 쿄코 할머니의 침대 곁으로 할아버지를 모셔다 드립니다.

'사랑하는 할머니를 두고 먼저 가는 것이 너무 안타까운 거야.'

그 마음을 조금이라도 헤아릴 수 있을까요! 저와 가족 모두 할아버지의 안타까운 사랑을 가슴으로 느끼고 있었습니다.

가끔 상태가 좋은 날이 있기도 했지만 전체적으로는 점점 나빠져 가는 중이었습니다. 그래도 화장실은 끝까지 혼자서 가시려고 애쓰셨습니다. 절대로 포기하려 들지 않았습니다.

할아버지의 치매는 이즈음 더욱 악화되어 건강했던 시절로 돌아가 계시곤 했습니다.

"회사에는 언제쯤 갈 수 있을까? 나는 어디가 나쁜 거지? 회사에 쉬는 이유를 제대로 말하지 않으면 안 되는데……."

"여보게, 양복 좀 준비해 줘. 내가 회사에 가지 않으면 다른 직원들이 힘들어 지니까 말이야."

가족들의 이야기를 들어보면 자주 회사 이야기를 하신다고 합니다. 할아버지는 어떤 마음이셨을까요? 정말로 옛날로 돌아가 계신 걸까요? 희망을 품고 계신 걸까요? 본인이 돌아가신다는 걸 모르고 계신 걸까요?

"살고 싶어. 아직 힘낼 수 있어. 할멈을 두고 먼저 갈 수 없어."라는 희망과 뜻대로 움직이지 않는 몸을 깨닫고 죽음이 가까이 있다는 것을 느끼며 갖는 무력감과 허탈……, 만감이 교차했을 거라 생각됩니다.

"나이는 먹을 만큼 먹었으니까. 빨리 할멈과 같이 죽고 싶어."

"가장 소중한 건 할멈이야. 자식들도 모두 의좋게 지내는 걸 볼 수 있으니 됐지 뭐. 후회 없는 인생이야."

이렇게 말하며 헛헛한 웃음을 짓는 아버지를 보며 딸은 눈물을 쏟고 말았습니다.

저희도 일주일에 두 번 방문하던 것을 세 번으로, 다시 매일 방문으로 횟수를 늘리며 할아버지의 상태를 유심히 지켜보았습니다. 그러면서 가족의 안타까운 마음에 대해 공감을 표하고 이제까지 잘해온 것처럼 얼마 남지 않은 시간을 후회가 남지 않도록 최선을 다해보자고 격려했습니다.

"앞으로 얼마나 견딜 거라 생각하세요? 모두 초긴장상태죠. 저희가 바라는 것은 고통 없이 가시는 것뿐이예요."

사랑과 애틋함이 있지만 지친 것이 사실이라 가족들은 솔직한 마음을 터뜨립니다. 집에서 돌본다는 것은 간단한 것이 아닙니다. 더욱이 마지막 순간이 편한 것도 절대 아닙니다. 병의 종류에 따라 다르긴 하지만, 의사가 없는 상황에서 사람의 죽음을 보는 것입니다. 경험이 없는 일이기에 가족의 불안과 긴장은 상상 이상입니다.

할아버지의 경우는 심장이 나쁜 것이 원인인데, 이런 경우, 심부전이 악화되면 숨 쉬는 것조차 버거워지고 맙니다. 숨을 쉬지 못해 헐떡거리는 환자를 편안하게 볼 가족은 아무도 없을 것입니다.

다행히 시계조 할아버지는 혼자서 거동할 수 없는 상태였기에 안정을 유지할 수 있었고 식욕 저하로 인해 자연히 수분이 제한되어 심부전 악화로 인한 고통이 이미 잘 조절되었다고 할 수 있습니다.

그러나 음식을 거의 먹지 못하는 모습을 지켜보는 것은 가족으로서 상당히 힘든 일입니다. 아무런 도움을 줄 수 없다는 것을 인정하지 못하는 탓입니다. "하다못해 링거라도……." 하고 생각하는 것이 일반적입니다.

'죽음이 바로 옆에 와 있는 자신의 가족을 아무 것도 하지 않은 채로 지켜보는 것.' 이것은 어지간한 각오로는 할 수 없는 일인 것입니다. 그래도 시계조 할아버지네 가족은 모든 것을 하늘에 맡기고 그를 조용히 지켜보는 것을 잘해냈습니다.

매일 방문했던 8월의 어느 날 시계조 할아버지와 쿄코 할머니의 침대 위치가 바뀌어 있었습니다. 할머니의 침대에서 할아버지의 모습이 보이지 않게 하려는 것이었습니다. 괴로워하는 남편의 모습을 할머니가 안 보는 것이 낫다고 생각한 배려였지요.

아버지로 인해 힘든 나날들이었지만 어머니에 대한 관심과 배려 역시 가족들은 기억하고 있었습니다. 이제 앞으로 며칠……, 아버지의 장례식 후에 혼자가 되실 어머니를 어떻게 해야 할지에 대해 가족들은 상의하기 시작했습니다.

그로부터 얼마 지나지 않은 어느 밤, 저는 이상하게 가슴이 떨리는 것을 느끼고 한밤중이었지만 할아버지를 지키고 있을 큰아들에게 전화를 걸었습니다.

"괜찮아요. 지금 편안하신 것 같은데요. 꾸벅꾸벅 졸고 계세요."

저는 안심이 되긴 했지만 좀처럼 잠들지 못했습니다. 아니나 다를까 이른 아침에 호출기가 울렸습니다.

전화를 걸었더니 딸이 받았습니다.

"혹시 숨이 멎은 거라면 선생님이 오실 때까지 어떻게 하고 있으면 되는 거죠?"

제가 대답했습니다.

"입이 열려 있으면 그대로 굳어 버리니까 입을 닫기 위해 타월을 감아 두세요."

도착해보니 이미 할아버지는 떠나신 뒤였습니다. 할아버지는 아무도 모르게 가셨다고 합니다. 입에 타월을 감아둔 처치는 완벽했습니다. 이미 수의도 준비되어 있었습니다.

"이것 말고 양복을 입혀 드리면 어떨까요. 늘 출근하고 싶어 하셨으니까요. 저 세상에서 다시 출근하셔서 그를 붙잡는 일들을 한 번 더 하실 수 있도록요."

늘 생각하고 있던 것을 말했습니다.

"양복 입혀도 되요? 그렇지, 아버지는 그게 제일 기쁘실 거야. 그렇지?"

눈물을 흘리면서 딸은 아버지가 가장 즐겨 입던 양복을 골라왔습니다. 쿄코 할머니가 걱정이었습니다. 손녀딸이 곁에 붙어서 조용히 눈을 감고 있는 할머니의 손을 꼭 붙잡고 있었습니다.

딸과 며느리가 함께 "아버지, 잘 해내셨어요." "대단했어요." 하면서 할아버지의 몸을 닦았습니다.

아들과 손주들은 밖에서 그 모습을 가만히 바라보고 있거나 저희를 위해 바깥일을 도와주었습니다.

양복을 다 입힌 딸이 입을 열었습니다.

"아무도 모르게 가셔서……, 모두 애썼는데 마지막도 모두에게 공평하게 해주셨네요. 정말 집에서 봐드릴 수 있어서 좋았어요. 슬프지만 후회는 없어요."

'할아버지. 고생하셨어요.'

저 역시 웃는 얼굴로 보내드릴 수 있을 것 같았습니다.

🍎 그 후에

할아버지가 돌아가신 지금도 저희는 일주일에 한 번씩 쿄코 할머니를 찾아갑니다. 침대가 있었던 방이 텅 비어버린 것에 다시금 쓸쓸함을 느낍니다.

"영감이 죽어버렸어."

슬픈 듯 그녀가 말합니다.

그녀의 침울함은 꽤 심했습니다. 할아버지가 돌아가시면서 할머니는 너무 낙심해서 함께 가시는 것 아닌가 심각하게 고민해야 할 정도였습니다. 시계조 할아버지의 존재감, 마지막까지 한 가정의 가장으로서 산 그 삶을 다시금 느꼈습니다.

가족이 최선을 다해 할머니도 점점 활기를 되찾아가고 있습니다. 그렇더라도 둘이서 침대를 나란히 했던 시절로는 돌아갈 수 없겠죠.

딸도 늘 눈물 바람이었지만 1주기가 지나고부터는 아버지의 사진을 보며 조금씩 추억에 미소를 짓기도 했습니다.

시계조 할아버지의 불단佛壇 가까이에는 돌아가시기 몇 달 전 할아버지가 휠체어로 쿄코 할머니의 침대 옆까지 가서 부부가 손을 맞잡고 웃음 지으며 찍은 사진이 걸려 있었습니다.

"이번에는 어머니 차례가 오잖아요. 그때도 잘 부탁드려요. 도와주길 바라고 있어요. 아버지 때처럼. 어머니도 저희가 보내드리고 싶어요."

저는 딸의 그 말을 진심으로 받아들이고 방문을 계속하고 있습니다. 할아버지가 사랑하는 아내를 맞이하러 오실 때 다시 가족과 함께 그녀를 할아버지 곁으로 보내드리는 것을 도와드리려고 합니다.

Story 7...
언제나 당당했던…

여러 남자와 사귀었지…….
아기는 아직 낳지 않았으니까,
회복 되면 노력해야지.
(28세 · 여성)

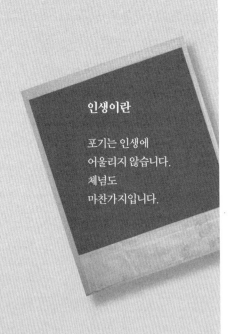

인생이란

포기는 인생에
어울리지 않습니다.
체념도
마찬가지입니다.

카요코는 스물여덟 살의 여성으로 폐포형연조직육종[1]Alveolar soft part sarcoma[1] 이 몸 여기저기에 생기는 병을 앓고 있었습니다.

열 살 때 왼쪽 대퇴부에 나타나 적출술을 받았습니다. 열두 살 때는 폐로 전이가 된 것이 확인되었습니다. 부모님은 이 때, '앞으로 얼마나 살 수 있을지 모르지만 카요코가 좋아하는 것을 하게 하면서 가능한 자유롭게 살아가도록 해주자.'고 마음먹었습니다.

열 살 때 발병했기에 그녀는 그때부터 계속 소아과 H선생님에게서 진찰을 받고 있었습니다. 성년이 되었음에도 상태가 나빠지면 내과가 아니라 당당히 소아과로 들어갑니다. 때로는 새빨간 브래지어를 착용하고 와서 선생님을 당황시킨 적도 있다고 합니다.

스물세 살 때 암세포가 췌두膵頭[2]부로 전이되었습니다. 그 전이로 인해 폐색성 황달[3]과 췌염膵炎을 일으켜 입원했습니다. 이제 끝일지도 모른다고 H선생님이 말했지만 다행히 수술이 잘되어 위기를 한 고비 넘겼습니다.

그로부터 약 3년 동안 카요코는 남자친구와 즐거운 시간을 보내거나 하면서 혼자서 살고 있었습니다. 몸 상태가 좋은 때에는 가부키쵸에서

---

1) 폐포형연조직육종(Alveolar soft part sarcoma; ASPS) : 몸속의 잘기와 뼈, 피부 이외의 근육, 인대, 혈관, 림프관 등의 조직에 생기는 악성종양. 폐포형이라는 말은 폐의 작은 공기 주머니인 폐포의 세포와 같은 모양이나 형태로 배열된 것이라는 뜻임

2) 췌두(head of pancreas, 膵頭) : 췌장이 십이지장에 접하는 부분으로 췌장의 오른쪽 끝부분

3) 폐색성황달(obstructive jaundice) : 담즙이 간에서 십이지장으로 전달되는 길목이 폐색에 의해 담즙이 더 이상 진행되지 못하는 것으로 발생하는 황달이다.
　※ 폐색(閉塞) : 막혀서 소통이 안 되는 병증

술집 아르바이트까지 했다고 합니다.

그러다가 스물여섯 살 때는 코로 전이가 되어, 서서히 커졌기 때문에 왼쪽 비강에 있는 종양을 제거하는 수술을 받았습니다.

스물여덟 살 때는 간, 비장, 신장, 폐, 비강 등의 장기로 전이되어 더 이상 수술로는 나을 수 없다는 H선생님의 판단에 따라 그대로 퇴원하였습니다. 곧바로 부모님의 동의로 마루야마 백신[4] 투여가 이루어졌습니다. 그 시기부터 통증도 발생하기 시작해 진통제이며 마약의 한 종류인 MS콘틴 MS contin의 복용도 시작되었습니다.

H선생님은 저를 불러 특별히 당부했습니다.

"열 살부터 봐 온 아이인데 참 개성 있는 사람이에요. 여러 가지 일이 있었고, 열심히 싸워왔는데 앞으로의 일이 걱정이라……. 방문하게 되면 잘 부탁드립니다."

그로부터 얼마 후 저는 외래에서 그녀를 만났습니다. 간단한 인사를 나누고 외래에 오는 것이 혹시라도 힘들면 언제든지 방문이 시작된다는 것을 알려주고 헤어졌습니다. 그날의 카요코는 H선생님의 말씀과 다르게 당장이라도 넘어질 것 같은 몸이었습니다. 식사를 하지 못한 탓인 것 같았습니다. 그러나 눈은 강하게 빛나고 있었습니다. 눈빛일 뿐이었지만 그녀는 아직 살아 있다고 말하고 있는 듯했습니다.

그로부터 열흘도 지나지 않아 H선생님에게서 연락이 왔습니다.

"역시 외래로 오는 건 힘들어 보여요. 식욕도 없고 몸도 나른하고……. 마루야마 백신도 있으니, 방문을 시작했으면 좋겠어요."

---

4) 마루야마 백신 : 마루야마 박사가 개발한 면역요법용 백신, 항암치료제

저는 다음 날 서둘러 카요코의 집으로 찾아갔습니다. 교외의 작은 동네에 있는 그 집은 1층은 주차장, 2, 3층은 임대 사무실인 6층짜리 건물이었습니다. 부모님과 오빠는 4, 5층에 살고 카요코는 6층의 원룸에서 여동생과 생활하고 있었습니다.

낮에는 모두 일을 나가고 어머니가 바깥에 있는 계단으로 5, 6층을 왔다 갔다 하면서 그녀를 돌보고 있었습니다.

"지금은 별다른 통증은 없어요. 구역질이 가끔 나지만 식사도 그럭저럭 해요. 아침에 일어나자마자 약을 먹었더니 효과가 있는 것 같네요. 어제 오전에는 엄마랑 한 시간 반 정도 파친코 하러 갔었어요. 몽땅 잃었지만."

"올해는 애인이 없어. 역시나 애인이 없으니까 삶의 의욕도 없네."

"오시카와 언니는 애인 있어요? 나는 딱 한 명, 진심으로 사랑했었어. 동거도 했었는데…, 지금은 헤어졌지만……."

반말을 했다 존댓말을 했다 하는 걸로 봐서 자유롭게도 보였으나 나이에 비해 험한 세월을 살아온 것 같은 느낌을 받았습니다.

"나도 연애 좀 했었지. 카요코는 아직 결혼도 안 했고 아이를 낳은 적도 없잖아? 그러니까 노력해서 빨리 건강해져야지 않겠어? 결혼도 해 보고 애도 낳아보고 해야지."

마음을 닫고 있는 여느 환자와 다르게 오히려 제가 당황스러울 만큼 카요코는 마음을 열고 여러 가지 일을 이야기해 주었습니다. 담배를 입에 물고 피우는 척 하면서(그녀만의 포즈도 있습니다.) 즐거운 듯 수다를 떠는 그녀는 도대체 아픈 사람이 맞는지 착각할 정도였습니다.

어머니는 조용히 웃으며 그녀의 이야기를 듣고 있었습니다.

'이렇게 즐겁고 평온한 시간이 계속 된다면 좋겠는데……' 하는 마음이 들었습니다. 앞으로 어떤 일이 일어날지에 대해서는 당분간 생각하지 않기로 했습니다.

카요코는 마루야마 백신을 맞아야 했기 때문에 일주일에 세 번 방문하는 것으로 정해졌습니다. 백신을 주사하는 것과 통증의 추이를 보면서 MS콘틴의 양을 늘릴지 어떨지에 대한 판단을 하는 것 외에는 대부분 카요코의 말상대로 시간을 보냈습니다.

재택 요양에서는 환자의 정신적인 면에서 지원해 주는 것이 중요하기 때문에 먼저 그녀를 충분히 이해해야 합니다.

카요코는 나름의 방식으로 재택 요양을 하고 있었습니다. 구역질이 심한 날에는 괴롭긴 했지만 스스로 잘 조절해 나가는 것 같았습니다.

"그날그날 상태가 다른 것은 어쩔 수 없어요. 토하면 개운해지고 참지 못할 만큼도 아니고 뭐……. 담배를 피울 수 있을 때는 좀 더 괜찮고……, 그래요."

배짱이 있는 것 같다고 할까요. 처음 만났을 때의 살아 있던 눈빛도 여전히 느껴졌습니다. 첫 방문 후 2개월 정도까지는 상태가 좋은 때가 많아서 통증도 크게 문제가 되지 않는 것 같았고 기분 좋은 날은 파친코에도 가고 축제를 보러 다니기도 하면서 스트레스를 풀면서 지냈던 것 같습니다. 그러나 건강한 저로서도 견디기 힘든 여름이 되니 그녀의 상태가 급격히 안 좋아졌습니다. 구역질과 권태로 식욕도 거의 없는 듯했습니다.

"오늘은 어제보다도 몸은 편해요. 토한 뒤에 곧바로 자는 게 상책."

"오늘은 머리가 아파……. 그래도 어제 대변을 많이 봐서 개운해요. 배에 가스가 찬 것 같았는데 편해졌어요."

우울해지거나 자기연민에 빠지는 보통의 환자와 달리 그녀는 좋은 현상들을 보고 기뻐할 수 있는 성격이라 재택 요양에 적합하다고 느꼈습니다.

9월이 되자마자 H선생님과 함께 그녀를 찾았습니다. H선생님은 "집안일을 돕거나 무언가 할 수 있는 일을 조금 해보면 어떨까?"하고 권하자 그녀는 이렇게 대답했습니다.

"뭔가 할 수 있는 일이 없을까 찾고 있는 중이에요. 여태까지 후회 없을 만큼 청춘을 즐겼으니까 지금은 휴식 중. 때때로 그 시절을 떠올려보면 정말 즐겁고 행복해져요."

방문을 시작하고 3개월이 지난 무렵부터 그녀는 피곤하다는 말을 자주 하기 시작했습니다. 통증은 진통제를 늘리는 것으로 어떻게든 조절이 되겠지만 피곤한 느낌을 없애는 것은 좀 어려웠습니다. 그런데 피곤의 원인이 빈혈일 수도 있었기에 수혈을 한 번 권해보기로 했습니다.

"수혈은 싫은데……. 아직 먹을 수 있고, 움직일 수 있을 때는 하기 싫어요. 열심히 식사로 보충해 볼게요."

그녀는 잘라 말했습니다.

'수혈을 하는 편이 지금보다 더 몸이 편해질 텐데…….' 하고 생각했지만 이 일에 관해서는 적극적인 성격인 그녀의 의사를 존중하기로 했습니다.

카요코는 저녁식사 때가 되면 있는 힘을 다해 5층의 부모님에게로 무거운 몸을 끌고 가서는 영양가 있는 것들을 먹으려고 무진 애를 썼습니다. 말기암 환자라고는 도저히 생각할 수 없을 정도였습니다. 어디에서 그런 의지가 나오는 건지…….

그러나 그녀는 아직은 버틸 수 있다는 생각이 분명했지만 동시에 자신의 때가 거의 마지막에 이르렀다는 것을 거부할 수 없어 불안하고 초조해 했습니다.

"지금 엄청 스트레스 받고 있어요. 뭔가 해보려고 하는데, 몸이 피로해서 아무것도 할 수가 없으니까요. 짜증만 나고…, 별 것 아닌 걸로 엄마에게 화내고……. 어리광부리는 것 같아요. 부모님에게는 감사하고 있는데……. 제멋대로 집을 나가서는 병에 걸려서 집에 돌아왔는데도 가만히 맞아줬잖아요. 지금 내가 제일 원하는 것은 그냥 기분 좋게 잠드는 거예요."

저는 조용히 고개를 끄덕였습니다. 그녀는 고해성사를 저에게 한 것일까요.

🍎 넌 환자의 기분을 몰라

10월 말이 되어 H선생님을 비롯한 의료팀과 카요코의 부모님이 상담을 했습니다. 카요코의 상태는 방문을 시작한 4개월 전에 비해 좌비강左鼻腔5)과 간장, 비장의 종양이 커지고 빈혈도 진행되어 있었습니다.

더욱이 뼈의 통증마저 느끼고 있었습니다.

"카요코가 새해를 한 번 더 맞이할 수 있다면 얼마나 좋을까 하는 생각을 하곤 해요. 그래도 여름을 지낸 것만 해도 기적 같아요. 어쨌든 통증 없이 지낼 수 있다면 그 이상 좋은 일도 없을 거예요. 아파하는 모습을 보면…… 너무 괴로울 거 같아요."

엄마의 말이었습니다.

그 시점에서 짚고 넘어가야 할 문제가 있었습니다. 카요코 본인과 오빠, 동생에게 앞으로 카요코가 병으로 어떻게 될 것인지에 대해 설명하는 것이었습니다. 지금까지는 종양이 여기저기 번져 있고 제거할 수 있는 것들은 제거했는데 아직 제거하지 못한 것들이 남아 있는 상태라고만 그녀에게 말해두었습니다. 그러나 앞으로 어떻게 될지, 왜 재택요양을 하고 있는지에 대해서는 말하지 못한 채였습니다.

저희는 부모님에게 의료팀의 생각을 말씀드렸습니다.

"카요코에게 새로 병명을 말할 필요는 없다고 생각합니다. 그녀는 지금까지 하고 싶은 것을 무엇이든 해왔고, 이대로 지내게 하는 것도 괜찮을 것 같습니다. 그렇지만 오빠와 동생은 나중에 크게 충격을 받을 수 있겠죠."

부모님도 비슷한 생각인 것 같았습니다.

"딸에게 오늘의 이야기를 말하지 않겠습니다. 카요코는 아직 '죽음'이란 걸 생각하지 않을 거니까요. 다시 좋아질 날이 올 거라는 희망을

---

5) 비강(nasal cavity, 鼻腔) : 코의 등쪽에 있는 코 안의 빈 곳. 공기에 섞인 이물질을 제거하는 역할을 한다.

가지고 있을 텐데 그것을 미리 꺾어 버리고 싶지는 않아요. 하고 싶은 것을 더 할 수 있도록 해주고도 싶고……. 다행인 건 카요코 스스로 하고 싶은 일들을 많이 했다고 말하고 있어서 아쉬움이 덜하겠다 싶은 거예요. 자기는 죽는다는 걸 알지도 못하면서 죽을 준비는…… 잘해놓고 있네요. 하지만 동생은 걱정이 많이 돼요. 언니가 아프다고만 생각했지 죽을 거라고는 꿈에도 생각하지 않았을 텐데, 카요코가 죽고 나면 얼마나 충격을 받을지……. 이제는 아이가 아니니까 이해할 수 있는 범위에서 조금씩 말해줘야겠어요."

여동생은 그녀와 같은 방을 쓰고 있었습니다. 저희가 방문을 하면 집에 없을 때가 많았고, 집에 있더라도 조용히 책을 읽거나 했으며 대화에도 그다지 끼어들지 않아서 조용하고 침착하다는 인상을 받았습니다.

카요코의 상태가 나빠진다면 동생이 그녀를 어떻게 대할지 미리 잘 지켜보지 않으면 안 될 것 같습니다. 그러면서도 동생이 마지막에 중요한 역할을 할 수 있을 것 같아서 기대가 되기도 했습니다.

"여러 가지에 대해 이야기할 수 있어서 마음이 정말 편해졌습니다." 라는 말을 하고 나서 부모님들은 댁으로 돌아가셨습니다.

부모님과의 상담 후 일단은 육체적으로 조금 편안하게 해주기 위해 다시 한 번 수혈을 권했습니다. 몇 번을 설득한 끝에 겨우 그녀는 수혈에 동의했습니다.

"수혈은 무서워요. 잘못되면 폐렴에 걸릴 수도 있고 얼굴이 붉어질 수도 있다면서요. 하지만 그렇게까지 권하니 한 번 해볼게요. 아래층으로 내려가는 것조차 힘든 건 사실이거든요."

다음 날 그녀의 마음이 바뀌기 전에 재빨리 수혈을 했습니다. 수혈이 끝날 무렵에 H선생님도 찾아왔습니다. 그녀는 H선생님에게 "몸속에 생긴 종양을 작아지게 한다는 것은 알겠지만, 계속 치료하는 것도 힘들고…… 이렇게나 애쓰고 있는데 작아졌겠죠?"라고 처음으로 마음 약한 소리를 했습니다. 그리고 "왜 나쁜 것이 생기는 건가요? 드문 일인가요? 이런 일을 겪는 것은 나뿐이냐구요."라며 역시 처음으로 자신의 좀처럼 낫지 않는 병에 대해서 의문을 나타냈습니다.

'언제나 긍정적이던 카요코가 이렇게 나약해진 모습을 보이다니……'

저는 불길한 징조를 떨쳐 버리지 못한 채 카요코와 H선생님의 이야기를 듣고 있었습니다.

11월이 되니 통증이 점점 심해졌습니다. 통증과 함께 비강의 종양이 압박하고 있는 부위에서 때때로 출혈이 보이기도 했습니다. 그녀의 불안함은 이미 최고조에 달해 있었습니다. 그런 그녀를 보고도 아무런 확신도, 어떤 희망도 줄 수 없는 저는 날마다 무거운 마음으로 돌아와야 했습니다.

진통제를 그녀의 상황에 맞추어 늘려갔습니다. 연일 통증과의 싸움이 계속되었습니다. 진통제를 늘려서 조금 나아졌다고 생각하면 며칠 만에 다시 통증이 생기고, 그러면 또 진통제를 늘리고 하는 일의 반복이었습니다. 카요코가 '아파'라고 말하지 않는 날은 단 하루도 없었습니다.

그런 몸으로 카요코는 버티고 버텨서 11월이 끝날 무렵에는 간신히 통증을 잡을 수 있었습니다.

"요즘에는 걸어보려고 하면 비틀거려서 중심을 어디에 둬야 안정되는지 모르겠어요. 다리 근육도 전혀 없는 것 같아요. 이렇게 약해질 거라고는 한 번도 생각해보지 않았는데. 이대로 죽을 것 같아요. 다시 먹을 수 있게 되면 원래대로 돌아갈까요?"

"친구들과도 그다지 연락을 하지는 않지만 편지 같은 걸 보내오는데, 나으면 여기저기의 친구들과 걱정해 준 답례로 파티라도 열어야겠어요. 큰일이죠. 친구가 너무 많아서……."

"오시카와 언니, 나, 나으면 꼭 영국에 가고 싶어. 같이 가자."

예전의 긍정적이고 희망에 차있는 모습으로 잠시 돌아가기도 했습니다.

"동생이랑 가끔 싸울 때가 있는데, 그럴 때면 네가 아픈 사람의 마음을 알기나 하냐고, 얼마나 누워 있어야 되는지도 모르고 나을지 안 나을지도 모르는 그런 사람의 마음을 네가 이해할 수나 있냐고 막 그래요. 그러면 동생은 풀이 죽어 버려요. 하지만 정말인 걸……."

"근데 나 말이야. 병에 걸려서 잘 되었다고 생각할 때도 있어. 이 고통을 넘으면, 아직은 볼 수 없지만 지금까지를 보상할 수 있는 큰 즐거움이 기다리고 있지 않을까 하고 생각할 수 있거든요."

"지금 가장 큰 낙이 뭐 같아 보여요? 꾸벅꾸벅 잠드는 것. 이상하죠. 깊이 잠드는 게 아니라 꾸벅꾸벅 조는 게 좋아."

"뭐든 찾아서 할 수 있는 일을 해볼까 하고 생각하기도 하지만, 지금은 머릿속이 텅 비어서, 아무것도 생각하기 싫어. 몸이 생각대로 되지 않으니까……."

그녀는 어둡고 긴 터널 속에서 어떻게든 빛을 찾아내려고 아직 필사적으로 앞을 향해 달리고 있었던 것입니다. 하지만 그녀가 찾고 있는 빛이 없다는 것을 알고 있는 저는 그녀의 이야기를 들으면 들을수록 그녀 생각에 안타까움만 더해 갔습니다.

12월이 되고 진통제는 더욱 늘고 화장실에 갈 기운도 없어, 침대 가까이에 이동식 좌변기를 두고 사용하게 되었습니다. 자립심이 강하고 다른 사람의 손을 빌리는 것을 몹시도 싫어하던 카요코. 몸을 닦아주려고 해도 샤워하면 된다고 저희의 손을 빌리는 것을 좋아하지 않던 그녀였습니다.

자신의 몸이 자유롭지 못한 것이 얼마나 한심하게 생각되었을까요. 얼마나 속으로 소리 지르며 발을 동동 구르고 있었을까요. 그런 그녀의 안타까운 절규가 지금도 들려오는 듯 합니다.

🍎 나는 지금 무엇을 하는 것이 최선이지?

12월이 되자마자 부모님과 여동생이 휠체어를 탄 카요코와 함께 약 반 년 만에 내원했습니다. 그녀에게 현재 상황을 설명할 때가 된 것 같기에, 병원으로 오게 한 것입니다. 카요코가 납득할 만한 이야기를 하기 위해서는 어느 정도의 객관적인 검사가 필요했으니까요.

가슴 사진에서는 폐로 전이된 종양의 범위가 더욱 넓어져 있었습니다. 왼쪽 대퇴골은 조금만 힘을 줘도 부러져 버릴 것 같은 지경이었고, 그 외 두개골, 골반, 추골椎骨, 늑골에도 전이가 보였습니다. 왼쪽 쇄골은 이미 전이에 의한 병적골절病的骨折6) 상태였습니다.

예상보다 훨씬 심한 상태였습니다. 이런 처절한 몸으로 집에서 나름대로 생활을 했다니 그녀의 의지는 정말 대단했습니다. 얼마나 살고 싶었으면……. 가슴이 미어져 옵니다.

H선생님은 사진을 보면서 뼈가 빠져 있는 부분의 설명을 했습니다.

"통증이 심한 것은 이 뼈가 빠져 있어서 그래요. 왼쪽 대퇴부는 특히 힘을 주지 않도록 주의해야 되겠네. 잘못하면 금방 부러져 버릴 거야. 지금은 약의 효과가 병의 진행 속도를 못 따라가는 힘든 상태에요. 아무리 약을 먹고 주사를 맞아도 계속 병이 심해진다는 얘기지. 하지만 통증은 약으로 한 번 잡아봅시다. 그건 가능할 것 같으니까."

H선생님의 설명 후에 그녀가 물었습니다. "병이 나으면 뼈가 빠져 있는 부분도 나아요?"

뭐라고 대답할 수 있을까요? 이런 때는 감정이 없는 기계였으면 좋겠다고 생각합니다.

"나는 이제 무엇을 해야 하지?" 하고 카요코가 다부지게 말했습니다. 오기가 있는 그녀는 울지도 않고 H선생님의 설명을 똑바로 듣고 무엇을 해야 좋을지 생각했나 봅니다.

---

6) 병적골절(pathological fracture, 病的骨折) : 질병 등으로 인해 뼈에 질환이 발생해서 미미한 충격에도 골절이 일어나는 형상을 말한다.

동행한 동생에게는 카요코가 검사 받고 있는 동안에 치료가 어렵고 힘든 상황이라는 것을 H선생님이 설명했습니다. 동생도 지금까지 언니와 함께 한 방에서 생활했기에 어렴풋이 가망이 없을지도 모르겠다고 느끼고 있었던 모양이었습니다. 단, 언니를 어떻게 대하면 좋을지를 잘 몰랐던 거라고 합니다.

다행히 동생은 일을 그만둔 터라 시간이 자유로웠습니다. 저는 여동생에게 언니의 간병을 부탁했습니다.

"언니랑 보내는 시간이 가족 중에 가장 많잖아. 그러니까 통증의 정도 등을 객관적으로 보고 우리가 볼 수 없는 시간대의 정보를 좀 알려줘. 엄마 혼자 하기에는 체력적으로나 정신적으로 많이 힘들 거라고 생각되니까 네가 언니의 간병에 많이 신경 쓰고 적극적으로 도와주면 좋겠어."

동생은 조용히 작게 고개를 끄덕였습니다.

외래에 온 다음날 저는 카요코를 방문했습니다.

"어제는 정말 피곤했어요. 생각한 것보다 몸속에 종양이 많이 생겨 있어서 놀랐어요. 몸속 절반은 종양 같았어요. 아프냐고 하면 아픈데 지금 진통제 양으로 아직 참을 수 있어요. 구역질이 나니까 식욕은 그다지 없지만 전혀 먹지 못하는 것은 아니잖아. 이것도 참을 수 있을 것 같아요. 견뎌볼게요."

그녀는 진통제 양이 늘었기 때문인지 아니면 전날의 피로 때문인지 졸면서도 아직 견딜 수 있다는 말을 했습니다.

'이 아이는 이제 가망이 없을지도 모른다는 걸 정말 의심하지 않는 걸까? 열 살부터 몇 번이나 큰 산을 넘어왔기에 이번에도 괜찮을 거라고 긍정적으로 생각할 수 있는 건가?

동생은 마음먹은 것이 있는지 언니에게 다가가고 있었습니다. 그리고 언니의 상태를 정확하게 저희에게 전해주었습니다.

"약은 듣고 있다고 생각해요. 화장실에 가서도 스스로 중간까지 바지를 올리거나 할 수 있고, 잠도 잘 자고 있어요."

꾸벅꾸벅 조는 언니를 대신해서 동생이 믿음직스럽게 대답도 해줬습니다. 12월 중순에는 눈에 띄게 몸이 약해진 것이 느껴졌습니다. 그래도 졸 수 있다는 것이 다행이었습니다. 그 순간은 통증이 없는 안락한 시간이기 때문입니다.

🍎 뼈은 깨지면 못 써나는 괜찮으니까

12월 21일 밤, 긴급한 엄마의 호출. 전부터 걱정하고 있던 왼쪽 대퇴골이 조금 다리를 옆으로 움직인 것만으로 그만 '뚝' 소리를 내며 부러져 버린 것이었습니다. 아무리 다량의 진통제를 복용해도 소용없는 통증입니다. 구급차로 옮겨진 카요코는 소리소리 질러대며 통증을 호소했습니다.

그녀는 응급처치 후 성형병동에 입원했습니다. 다음 날 수술이 결정되었습니다. 그러나 오랜 시간 깁스로 고정을 해서 뼈가 붙는 것을 기다릴 정도로 그녀에게 남은 시간이 없었습니다. H선생님과 성형외과 선생님의 상의 결과 통증이 잡혀 요추마취만으로 시술이 가능한 창외

고정^{創外固定7)}으로 방향을 바꾸었습니다.

수술 후에는 거짓말처럼 통증이 사라졌습니다. 그러나 이것을 계기로 완전히 침대에 누워서만 지내는 상태가 되고 말았습니다. 어머니는 이런 상태로는 퇴원하는 것이 더 이상은 무리라고 생각하며 다시 재택요양을 하는 것에 회의적이었습니다. 만약 카요코 본인이 입원도 괜찮다고 생각한다면 그렇게 되었을 것입니다. 그리고 그렇게 선택하는 것이 그녀에게 당연해 보였습니다.

그렇지만 저희는 만약 카요코가 원한다면 다시 집으로 데리고 가자고 어머니를 설득하기 시작했습니다.

하지만 퇴원하기 이틀 전에 다시 사고가 일어났습니다. 카요코의 호흡이 힘들어졌습니다. 폐에 전이된 종양이 드디어 자각증상을 일으켰던 것입니다. 산소를 24시간 투여하는 것으로 증상은 개선되었으나 저도 내심 '이제 더 이상 집으로 돌아가는 것은 어렵겠구나. 이대로 입원해 있는 게 안전하겠어.'라며 퇴원을 기대하지 않게 되었습니다.

그렇지만 그녀는 의외였습니다.

"그래도 집이 더 좋아요. 담배도 피울 수 있고……, 동생이 같이 있어주니까 긴장도 덜 되고 좋아요."

집으로 가자고 고집을 피운 것입니다. 이제는 H선생님의 판단만 남았습니다.

"좋아. 예정대로 집으로 돌아가자."

---

7) 창외고정법(external skeletal fixation, 創外固定法) : 주로 개방골절이 발생했을 때 치료하기 위한 뼈의 고정법. 부러진 뼈의 파편에 피부 위에서 여러 개의 금속핀을 꽂아 그것들을 특수한 틀을 사용하여 연결하여 환부를 단단히 고정시키는 방법

이 한 마디로 입원한지 5일 만인 12월26일 밤에 퇴원이 결정되었습니다. 카요코는 무사히 집에 도착해 침대에 눕더니 "역시 집이 좋아." 하며 미소를 띠며 말했습니다.

이번 입원으로 그녀의 체력은 또 한 단계 떨어졌습니다. 전신에 붓기가 있고 왼쪽 대퇴부는 고정되어 움직일 수도 없었습니다. 가슴에도 물이 차 있었던 탓에 산소를 들이마셔도 몸을 수평인 자세로는 있을 수가 없어, 침대의 윗부분을 반쯤 세워서 앉은 채로 잠드는 일이 많아졌습니다.

통증은 MS콘틴으로 잡더라도 몸의 피곤과 나른함을 완전히 제거할 수는 없었습니다. 그래도 그녀는 "다리의 붓기를 어서 가라앉히고 싶어. 이렇게 굵어서야 여성으로서 부끄럽잖아. 재활을 위해서도 다리를 열심히 움직이고 있어." 하며 '여자'인 것을 잊지 않고 필사적으로 삶을 붙잡고 있었습니다.

컨디션이 좋으면 담배를 피웁니다. 하지만 산소요법을 하고 있으므로 불은 위험합니다. 그녀가 "나 좀 살려주라!" 하면 저는 무의식중에 당황해서 산소를 잠급니다.

"농담이야 농담. 그렇게 정색하지 마."하고 그녀는 웃습니다.

그녀의 얼굴에서 이런 표정을 볼 수 있는 것도 재택 요양이기에 가능한 것이라 저는 화를 내면서도 마음으로는 그녀와의 시간을 즐기고 있었습니다.

퇴원한 후로는 저희를 보다 더 의지했습니다. 방문할 때마다 여동생과 함께 몸을 닦거나 머리를 감겨 주거나 할 수 있었습니다.

여동생은 언니에게 딱 붙어서 특히 목소리를 내기조차 힘들 때는 언니의 작은 움직임이나 눈의 신호로 무엇을 해주길 원하는지 정확하게 알아채고는 빠르게 대처했습니다. 말 그대로 호흡이 척척 맞았습니다.

한 때는 언니가 더 이상 낫지 않을 것이라는 현실이 동생을 짓눌러 그것이 카요코에게도 전해지면 어쩌나 하고 생각한 적도 있었는데 그것은 기우였습니다.

12월31일에는 J간호사와 둘이서 방문하여 그해 마지막으로 머리를 감겨 주었습니다.

"너무 기분 좋았어."

카요코는 미소 지으며 고마워했습니다. 그때는 통증과 호흡곤란 증상은 전혀 없었습니다.

새해 첫 날은 전화로 상태를 확인했고 1월 2일부터 다시 방문했습니다.

이 무렵에는 하루를 무사히 지냈다는 생각으로 매일 밤 호출기를 베개 옆에 두고 두근거리면서 잠자리에 들었던 것으로 기억하고 있습니다. 동생이 카요코 곁에서 어떤 기분이었을지를 생각하면 대신 해주고 싶을 정도였습니다.

병의 진행 상태로 봐도 카요코는 지금까지 잘 견디며 '살아 주고' 있는 것이었습니다. 이제 더 이상 그녀의 생을 향한 집착 이외에는 그녀를 지탱하고 있는 것은 없다고 느껴졌습니다.

"호흡은 괜찮아요. 괜찮아. 오시카와 언니, 발도 씻어줘……. 아아~ 기분 좋아……. 고마워."

그녀는 꾸벅꾸벅 졸면서도 제게 말을 걸어 주었습니다. 그러나 저는 이때 '더 이상 앞날이 길지 않아. 정말 마지막이야.' 하고 직감했습니다.

그 다음 날은 그녀의 요청으로 오후에 수혈을 위해 H선생님과 방문할 예정이었습니다. 그러나 오전 중에 동생이 호출했습니다.

'직감이 맞았을지도 몰라.'

황급히 전화를 거니 카요코가 지금 빨리 와주길 원한다는 것이었습니다. 그녀가 스스로 응석을 부리듯 저희에게 와달라고 요청하는 것은 거의 없었던 일이기에 제 마음은 점점 불안에 사로잡혀갔습니다.

서둘러 그녀의 집으로 가서 수혈을 시작했습니다. 그녀는 "조금 편해진 것 같아요."라고 했지만 이제는 수혈을 해서 편해질 수 있는 상태는 아닌 걸로 보였습니다. 이런 상황에서도 긍정적으로 생각하고 말할 수 있는 그녀에게 감동했습니다.

그날 밤 늦게 동생에게 전화를 했습니다. 동생은 "라면 두 젓가락과 죽을 조금 먹고 지금 졸고 있어요." 하고 상황을 전해 주었습니다.

그로부터 네 시간이 지난 한밤중의 일입니다. 동생의 호출이 왔습니다. 동생은 울먹거리고 있었습니다.

"볼을 두드리면…… 힘겹게 눈을 뜨긴 하지만 갑자기 불안한 생각이 들어서……."

"갈까?"

"그렇게 해주신다면……" 하고 말을 하고 있는 도중에 수화기 너머로 카요코의 목소리가 들렸습니다.

그녀는 동생을 향해서 힘겹지만 명확하게 말하고 있었습니다.

"이런 한밤중에 오시라고 하는 건 예의가 아니잖아. 폐를 끼치면 안 되니까. 나는 괜찮아."

저는 "가는 것은 전혀 문제가 안 되는데." 하고 동생을 위로했습니다. 결국 동생은 언니 말대로 해야 할 것 같다고 했습니다. 저는 지금 당장이라도 그녀 곁으로 달려가고 싶었지만 원하면 언제든지 방문하겠다는 것을 동생과 약속하고 전화를 끊었습니다.

이런 그녀의 배려와 한계에 다다를 때까지 견디려는 의연한 태도를 무시하는 것도 옳은 것은 아닌 것 같아 저도 카요코의 의사를 존중해주기로 했습니다.

그로부터 여섯 시간이 지난 아침이었습니다.

카요코는 조용히 숨을 거두었습니다. 너무나 조용해서 곁에 있던 어머니도 동생도 알아채지 못할 정도였습니다.

동생에게 "잘 해냈구나. 네가 곁에 있어 주었기에 카요코는 안심하고 갈 수 있었던 거야."라고 말하니, "그저 곁에 있어준 것뿐⋯⋯, 언니가 시키는 것을 한 것뿐이에요. 하지만 병원에 있는 것보다 정말 집에 있어서 좋았다고 생각해요. 낫지 않는데도 자기 나으면 이것 저것 하자고 자꾸만 이야기해서 괴롭긴 했지만 집이 좋았어요. 언니는 늘 간호사 분들이 오시는 것을 기다리고 있었어요."라고 말했습니다.

"선생님들 덕택으로 집에서 있을 수 있었습니다. 자기도 언젠가는 좋아질 거라는 희망을 버리지 않고 투병할 수 있어서 만족했을 거라고 생각합니다. 스스로 생각한 대로 마지막까지 살 수 있어서 다행입니다."
하고 눈물을 참지 못하면서도 부모님도 침착하게 이야기했습니다.

카요코는 정말 멋진 아가씨였습니다. 오히려 그녀가 우리를 배려하고 이끌었다고 해도 될 것입니다. 죽음으로 가고 있다는 것을 모르지 않았을 텐데 그토록 희망을 버리려 하지 않았던 그녀로 인해 생명에 대해 다시 생각해 보게 되었습니다. 생명은 그것이 끝날 때까지 미리 포기해서는 안 된다는 것을 말이죠. 끝까지 의연했던 카요코. 그녀의 생명은 누구보다도 소중했기에 죽음 또한 오래도록 남을 것 같습니다.

Story 8...
부부의 생각 그리고 선택

'아무도 모르게
슬쩍 가버릴 수 있다면' 이라고
자주 생각해.
집이라고 해서 불안하지는 않아.
(63세·남성)

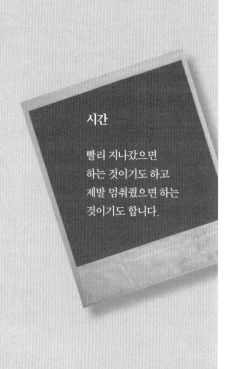

시간

빨리 지나갔으면
하는 것이기도 하고
제발 멈춰줬으면 하는
것이기도 합니다.

🍎 난치병과 악성종양과의 동거

사와이 씨를 처음 방문했을 때 그는 63세였습니다. 58세 때 난치병인 샤이 드레거 증후군 ^{Shy-Drager syndrome1)}이라고 진단되어 약을 복용하는 치료를 시작했지만 애석하게도 효과는 없었습니다.

증상은 계속 진행되어 저희를 만났을 때는 이미 배변, 배뇨장애가 있었고 방광 카테터가 삽입되어 왼손과 왼발에 힘을 주기 어려운 상태였습니다.

사와이 씨는 침대 위에서 자세를 바꾸는 것도 누군가의 도움이 있어야 했고 음식물도 잘 삼키지 못해 넘기기 쉬운 음식 위주로만 식사를 했습니다. 게다가 야간에는 몇 번씩 흡인기를 통해 가래를 제거해야 했습니다. 이 병에 걸린 사람들은 몸은 점점 힘들어지는데도 의식은 뚜렷하기 때문에 죽어가고 있는 자신을 관찰하는 듯한 느낌이 들어 정신적으로 엄청난 고통을 느끼게 됩니다.

난치병 환자들은 병이 진행되면서 점점 공포·불안·초조감 등에 더 깊이 사로잡혀 갑니다. 병만으로도 힘든 싸움을 해나가야 하는데 마음까지 병드는 것이 더 큰 어려움입니다.

사와이 씨는 이 난치병에다 왼쪽 가슴 안쪽과 신장에서 악성종양이 발견되었습니다. 이미 수술을 받기 힘든 상태였으므로 본인의 희망으로 재택 요양을 시작했습니다.

---

1) 샤이드레거증후군(Shy-Drager syndrome) : 몸의 기능을 조율하는 뇌와 척수의 기능이 약화되면서 심장박동이나 혈압, 호흡 등의 조절이 제대로 되지 않는다. 일어설 때 혈압이 떨어지고 파킨슨 병과 같은 운동장애가 생긴다.

난치병도 상당히 진행되어 있었기에 급격한 혈압 저하와 질식으로 인한 돌연사의 가능성이 있다는 것, 설사 그렇지 않더라도 왼쪽 가슴의 악성 종양 탓에 예후가 좋지 않아 6개월 정도밖에 살 수 없다는 것 등을 병원에서 가족에게 설명했습니다.

난치병과 악성종양. 하나라도 쉬운 게 없는 투병생활인데 두 가지를 모두 껴안고 하는 재택 요양의 시작은 두렵기만 했습니다. 사와이 씨는 어떤 생각으로 집에 갔을까? 그의 마지막을 생각하니 방문하기 전부터 기분이 착잡했습니다.

저희는 상황이 악화되면 방문 횟수를 늘리기로 하고 일단 일주일에 세 번씩 방문하기로 했습니다. 아내와 딸이 함께 살고 있었지만 딸은 직장에 다녔기 때문에 간병에 관한 모든 것은 아내가 담당해야 했습니다. 저희는 소변관의 교환과 변을 빼는 요령, 몸을 씻기거나 머리를 감기는 방법 등을 직접 해보이면서 알려주었습니다. 아내의 간병에 대한 불안과 스트레스도 가볍게 해주려고 노력했습니다. 난치병에 악성종양까지 있는 남편을 혼자서 간병하려면 얼마나 불안하겠습니까?

아내는 진지하고 꼼꼼한 성격이어서 조금이라도 모르는 것이 있으면 불안을 느끼는 것 같았습니다. 그녀 자신도 그다지 건강하지 못했지만 연하기능嚥下機能[2]이 저하된 남편의 식사에 대해 연구하는 등, 많이 애썼습니다.

방문 간호사는 환자의 상태와 건강에 주목하는 것뿐 아니라 가족의

---

2) 연하기능(deglutition functions, 嚥下機能) : 음식물을 입에서 식도를 통해 넘기고 위 또는 그것에 해당하는 부분으로 보내는 기능

건강과 심리상태도 관심을 가지고 지켜봐야 합니다. 환자만 존중받는 것이 아니라 가족의 부담과 고통도 최소화해야 진정한 의미의 재택 요양이 되기 때문입니다.

사와이 씨는 의외로 절망에 빠진 얼굴이 아니었습니다. 의료진의 말을 진지하게 듣고 자신의 현재 상태를 객관적으로 인식하고 있는 것 같았습니다. 낯을 가리는 성격인지 처음 만났을 때 말수가 적었지만, 만남을 이어가면서 그가 정말 성실한 인품을 가졌다는 것을 자연스럽게 알 수 있었습니다.

증상이 처음 나타난 것은 10년 전. 샤이드레거증후군으로 확정하여 진단받은 것은 2년 전. 처음 그를 만나기 훨씬 전에 이미 분노와 슬픔과 불안에 휩싸여 괴롭고 고독한 날들을 보내다 지금에 이른 것입니다.

"수술할 수 없었거든요. 앞으로 어떻게 될지……. 하지만 역시 집이 더 좋아요."

오랜 시간을 병과 함께 해오면서 익숙해졌기 때문일까요. 그는 집으로 돌아올 수 있었다는 것 하나로 인해 다른 백 가지 걱정을 접고 긍정적인 마음을 가질 수 있는 사람이었습니다.

병원에서 그의 집에 가려면 전철로 한 시간 남짓 걸립니다. 그래서 위급한 일이 생겼을 때는 집 근처의 대학병원에 구급차로 갈 수 있도록 소개장도 준비해 두었습니다.

그런데 아내는 여러 가지 가능성에 대비하여 준비를 많이 해두면 해둘수록 큰 일이 곧 일어날 것만 같아 오히려 불안했다고 합니다.

재택 요양을 막 시작했을 때는 방문할 때마다

"설사약은 몇 알이면 될까요?"

"혈압이 얼마 이하가 되면 안 움직이는 게 나은 건가요?"

"소변이 조금 탁한데, 괜찮은 거겠죠?"라는 등 상세한 질문을 많이 하던 아내였습니다.

거기에 대해 답변을 해드려도 내용을 이해한다기보다 그냥 답변 자체를 그대로 메모하는 것으로 스스로를 안심시키는 것처럼 보였습니다. 남편의 조그마한 변화에도 아주 민감하게 반응하며 늘 가슴 졸이며 사는 사람. 저는 그런 아내의 부담을 덜어주고 건강을 위해서 간병인을 쓰는 것을 권하기도 했습니다.

그렇게 부서질 것만 같던 그녀도 몇 개월이 지나면서 평온을 찾은 듯 조금씩이긴 했지만 제 농담에 웃기도 했습니다.

"겨드랑이 밑이 따끔거려요. 이런 느낌, 별로 안 좋아. 종양이 날 비웃으며 자신의 존재를 과시하는 것 같아요. 진통제? 아직 괜찮아요. 수술도 할 수 없고 할 마음도 없지만……."

사와이 씨는 때때로 마음속 깊이 참고 있던 감정을 내뱉기도 했습니다.

"죽는 것이 두려우신가요?"

"그렇지는 않아요. 아무도 모르게 슬쩍 가버릴 수 있다면…… 하고 자주 생각해요. 집이라서 특별히 불안한 것은 없어요. 간호사가 방문해 주니까. 또 집사람도 옆에 있고……."

그의 속마음을 접할 때면 저는 심장이 두근거리도록 아픔을 느끼지만 그의 진지함 앞에서 감정에만 충실할 수는 없습니다. 저 역시 진지하게 그의 마음을 받아주어야 했습니다.

몇 개월밖에 남지 않은 그가 마지막에 편안히 갈 수 있는 방법이 무엇일까 저는 생각하고 또 생각했습니다.

"식사를 하기가 더 힘들어졌어요. 토마토주스는 부드럽게 넘어갔었는데……. 오른손에 힘이 잘 안 들어가요. 발도 그렇고……. 병이 더 진행된 것 같아요. 치료방법이 없는 병이라 어쩔 수 없다고 하면 그뿐이지만……. 내가 얼마나 더 살아 있을까요?"

"그것은 하나님밖에 모르는 거예요. 명의도 모르고 아무도 몰라요."

"……그렇겠지요."

의식이 뚜렷하고 명확한 것이 시한부 인생을 살고 있는 사람에겐 더 고통입니다. 그래서 서툰 위로는 안 하느니만 못합니다. 그래서인지 사와이 씨가 자기 속내를 말할 때면 아내는 침대에서 조금 떨어진 곳에서 조용히 듣기만 하던 모습이 기억납니다.

죽음이 자신 앞에 다가와 있었지만 사와이 씨는 두려워하기보다 솔직한 자신의 마음을 숨기지 않고 표현해 주었습니다. 그것이 듣는 사람을 무기력하게 만들기도 했지만 뭔가 고맙고 기쁘기도 했던 것이 사실입니다.

재택 요양을 시작하고 2개월 정도. 손자도 오랜만에 만날 수 있었고 설날도 무사히 가족과 함께 보냈습니다. 아마도 마지막 설날이겠지요.

그러나 항상 긍정적이던 사와이 씨가 이 무렵부터 비관적인 말을 많이 하게 되었습니다.

"한 달 전과 비교해서 내 상태가 어떤가요? 음식물을 삼키는 것이나, 말하는 것, 목의 움직임이라든가…… 나빠진 거겠죠? 인터넷에서 샤이 드레거를 검색했더니 내가 알고 있는 게 다였어요. 나는 앞으로 어떻게 되는지 알고 싶은데, 의사 선생님도 모른다고만 하시고……."

"왜 알고 싶으신 거죠?"

"곧 걸을 수 없게 된다면 대책이 있어야 하니까요. 예를 들어 우주복 같이 생긴 것을 입으면 훨씬 편해진다는 정보도 있던데, 그런 것도 미리 생각해 봐야 하겠고, 한 달 후에 손이 굳어버릴 것을 미리 알면, 컴퓨터 같은 쓸모없는 것 따위를 하려고 생각하지 않을 거니까요."

"예측은 이미 하고 계시잖아요. 아닌가요? 저희도 일어나는 상황에 맞는 대처법을 그때그때 알려드리고 있구요. 혹시 정확히 몇 월 며칠에 못 걷게 될 것이라는 걸 알기 원하시는 건가요? 만약 그걸 알게 된다면 그 상황을 견딜 수 있을 거라고 생각하세요? 차라리 죽을 날짜를 알려달라고 하지 그러세요."

"………………."

"이런 이야기를 하시면 속이 편해지세요?"

"글쎄, 기분만 그런지는 모르겠지만 좀 나아지는 것 같아요. 좀 덜 무서워요. 오시카와 씨에게는 말하기도 편하고……."

이즈음 병 상태가 갈 데까지 간 상황이어서 공포와 불안이 최고조에 달했던 모양입니다. 항상 긍정적인 태도로 컴퓨터나 독서 등 취미에도 충실하고 의욕적이었던 사람이었는데 갑자기 모든 것을 포기한 사람처럼 말했습니다.

"어차피 못 움직이게 될 거라면 해봐야 소용없는 거잖아."

아마 사와이 씨는 앞으로 어떻게 되어갈지 스스로 알고 있었을 거라 생각합니다. 언제 어떤 증상이 나오는지, 그런 증상에 어떻게 대처해야 하는지, 그리고 어떤 증상이 나타나면 정말로 마지막인지까지.

살고 싶은데……, 살 수 있는 방법을 찾으면 찾을수록, 살 수 없다는 사실만 확실해진다면. 남는 것은 공포겠지요. 그것은 쓰나미 같이 그를 덮쳤을 것입니다. 그 공포로부터 도망치기 위해 비관을 선택했는지도 모릅니다.

저희에게도 사와이 씨의 병을 막을 방법이 아무것도 없었습니다. 이 일을 계속하고 있는 한, 언제나처럼 이런 때 느끼는 무기력은 저의 존재의 의미를 지워버리는 것 같습니다. 환자가 너무 안타깝습니다.

의료진은 사와이 씨의 향후 요양 방침에 대해서 결정해야 했습니다. 앞으로 병은 계속 진행될 것입니다. 이대로라면 음식물이 기관氣管으로 잘못 넘어가면서 폐렴에 걸리거나 질식으로 호흡이 멈출 위험이 아주 높았습니다.

이를 해결하기 위해서는 목에 구멍을 뚫는, 즉 기관을 절개하는 것과 위에 구멍을 뚫어 관을 넣어서 그곳으로 영양을 주입하는 방법이 있었습니다.

사와이 씨가 샤이드레거증후군만 있었다면 저희는 망설이지 않고 그 방법들을 선택했겠지만 흉부에 있는 악성종양 때문에 쉽게 결정할 수 없었습니다. 기관절개를 하고 위에 구멍을 뚫어 관을 연결했다고 하더라도 종양으로 인해 상태가 악화된다면 그대로 마지막이 되어버릴 테니까요.

그런 위험이 있다면 끝까지 아무것도 하지 않고 이대로 재택 요양을 계속 하는 것이 낫지 않을까요? 이럴 때 의사들과 방문 간호사는 참 난감해집니다. 결론을 내리기가 정말 어렵고 곤란합니다. 이는 어느 쪽이 옳고 옳지 않은지의 문제가 아닙니다. 각각의 환자의 삶의 방식의 문제인 것입니다. 환자의 삶의 방식을 인정해서 현재 상태 그대로 죽음을 기다리는 것이 맞는 것인지, 아니면 치료하는 것이 맞는 건지…….

선택하는 것은 환자 자신입니다. 환자가 결정하기까지 저희는 몇 번이고 양쪽 가능성에 대해 의논하고 토론합니다. 제가 사와이 씨와 몇 개월 동안 같이 해오면서 생각한 방법은 기관절개$^{氣管切開3)}$와 위루^{胃瘻}$^{4)}$를 만드는 것을 시행해야 한다고 생각했습니다. 그래서 가능하면 그

---

3) 기관절개(tracheotomy, 氣管切開) : 기관, 즉 공기의 통로가 막혀 호흡곤란이 왔을 때 공기가 유입되도록 하기 위해 인공적으로 목에 구멍을 뚫는 것

4) 위루(gastric fistula, 胃瘻) : 입이나 식도, 위 등에 병이 있거나 음식물을 삼키고 통과시키는 데 장애가 있어 입으로 음식을 섭취할 수 없는 경우, 또는 음식물이 질병이 발생한 부분을 지나지 않게 해야 할 필요성이 있을 때 일시적으로 또는 영구적으로 위에 관을 삽입해서 몸 바깥으로 연결시켜 놓은 것. 주로 영양공급을 위해 사용한다.

방법을 그가 선택해 주길 바라고 있었습니다. 그렇게 생각하게 된 것은 사와이씨의 아내 때문입니다. 사와이 씨가 10여 년 전부터 시작한 투병생활을 계속 함께해 온 아내. 저는 그녀가 아직은 사와이 씨를 놓지 않을 거란 것을 알고 있었습니다. 그래서 아내를 위해 조금 더 시간을 주기를 원했습니다.

주치의는 사와이 씨와 아내와 딸에게 기관절개에 대해 이야기했습니다. 사와이 씨는 선생님의 이야기를 듣고 "참고하고 잘 생각해 보겠습니다."라고 대답했습니다.

아내는 "혹시 기관절개를 하지 않더라도 위급한 상태가 되어 구급차라도 부르게 되면 결국 응급처치로 기관에 튜브를 삽입하게 되겠죠?"라고 물었습니다.

그로부터 며칠이 지났습니다.

"선생님이 목에 구멍을 뚫을 건지 물어보셨어요. 그렇게까지 하면서 살고 싶지는 않은데……. 그렇지만 쉽게 결정을 못하겠더라구요. 가족과는 아직 이야기해보지도 않았고…….하지만 언젠가는 그런 때가 오고 말 거란 거 같아서…….

사와이 씨는 혼자 말하듯 중얼거렸습니다.

그것이 진심이겠죠. 자신의 일이라고는 하지만, 이런 힘든 선택을 그렇게 간단히 결정할 수는 없는 것입니다. 그것보다도 그에게 있어서는 그런 처치를 해야만 할 정도까지 병이 진행된 것 자체가 충격이고 힘든 일일 것입니다. 며칠이 지나서 사와이 씨는 그 문제에 대해 결정내린 듯 이야기했습니다.

"그런 것에 의존해서 살아야 한다면 차라리 죽을래요. 모두에게 폐를 끼치게 될 것이고. 아픈 거나 괴로운 건…… 싫어."

꼭 화가 난 듯한 말투였습니다.

"기관절개를 꼭 나쁘게만 볼 문제는 아니에요. 자신의 생명에 대해 자신이 결정해야 한다는 것이 힘든 일이긴 하지만 정말 중요한 것이에요. 최근에 가래를 뱉기 힘들거나 음식물 때문에 사레들리는 경우가 많이 늘지 않았나요? 그것으로 인해 폐렴에 걸리면 호흡하기가 힘들어질 거라서 그것을 예방하자고 기관절개라는 방법을 쓰는 거예요. 피하지 말고 다시 한 번 진지하게 생각해봐요. 우리."

저는 결심하고 단도직입적으로 말했습니다. 생각할 시간이 많지 않았습니다. 가만히 있는 그는 눈물을 흘리고 있었습니다. 아내도 마찬가지였습니다.

"지금 이야기로 기관절개에 대해 이해가 많이 되네요. 당신, 그렇게 하기 싫다고 혼자서 말하지 말아요."

아내의 안타까운 심정이 묻은 말이었습니다. 남편이 조금이라도 오래 살길 바라고는 있지만 목과 위에 구멍을 뚫는, 그런 상황에서 자신은 지금까지와 동일하게 간병을 계속할 수 있을까? 아내도 사실은 갈피를 잡지 못하고 괴로워하고 있었다고 생각합니다.

그로부터 얼마간은 그 화제가 나오는 일이 없어졌습니다. 저희도 굳이 그것에 대해 말하지 않았습니다.

2주일 이상이 지난 후였습니다.

"기관절개를 하면 목이 걸걸한 것도 없어질까요? 튜브를 꼽고 있으면 안 아파요? 지금보다 편해지더라도 샤이드레거 증세가 좋아지는 것은 아니지 않나요?" 이 무렵 자주 굳은 얼굴을 하고 있던 그가 다시 기관절개에 대해 말을 꺼냈습니다.

기관절개를 시행할 의향이 있다고 판단한 저는 좋아질 것들, 그렇지 못한 것들 등 생각나는 것들을 최대한 솔직하고 상세하게 설명했습니다. 기관절개의 이점은 호흡이 힘든 상태에서 느끼는 괴로움과 공포감에서 벗어난다는 것과 음식물을 잘못 삼킬 일이 없다는 것, 가래를 제거하기 쉽다는 것, 목소리를 잃지 않는다는 등이 있습니다. 반면 문제점은 개인차가 있긴 하지만 거의 모든 시술자에게 불쾌한 튜브의 이물감이 있다는 것, 2주에 한 번씩 튜브를 교환할 때 통증이 심하다는 것, 거즈를 교환하고 기관으로부터 가래를 뽑아내고 할 때 간병인의 부담이 커진다는 것 등이 있습니다.

제 마음은 이미 정해졌습니다. 아내도 이미 결심하고 있었습니다. 그러나 가장 필요한 것은 사와이 씨 자신의 결정입니다.

한 시간 가까이 그와 여러 가지 이야기를 했습니다. 그는 눈물을 흘리면서 그러나 제 눈을 똑바로 보면서 힘 있는 어투로 이렇게 말했습니다.

"오시카와 선생님. 기관절개…… 하겠소."

난치병과 악성종양과 자신의 수명과도 싸우고 있는 그가 고민한 끝에 내린 결단이었습니다.

'잘 하셨어요. 잘 결심했어요.' 속으로 잘했다고 대답했지만 책임이 무거워지는 것을 느꼈습니다. 이 방법을 선택한 것을 누구도 후회하지 않도록 해야 할 일만 남았습니다. 저는 새로운 긴장을 온몸에 느끼며 다시 한 번 마음을 다잡았습니다.

과연 옳은 선택이었을까

사와이 씨는 약 3주간 입원해서 기관절개와 위루 설치 수술을 받았습니다. 저희는 입원 중에도 병실을 몇 번이고 들러 부부를 격려했습니다. 아내는 기관절개한 구멍에서 가래를 흡인하는 기술과 위루로 영양분을 주입하는 방법을 병동 간호사로부터 열심히 배웠습니다.

그러나 병마는 역시 정이라는 게 없었습니다. 오랜만에 흉부 X선과 CT를 찍어보니 왼쪽 가슴의 종양이 생각보다 훨씬 커져 있었습니다. 저희가 가장 두려워하고 있던 것이 현실이 된 것입니다.

'이렇게도 안 도와주다니⋯⋯.'

어렵게 긍정적으로 살려고 결단하고 기관절개를 결심한 사와이 씨 앞에 결코 넘지 못할 큰 벽을 보는 것 같았습니다.

저는 놀란 마음을 추스리면서 퇴원한 사와이 씨 집을 방문했습니다.

'몸이 힘들어서 기관절개가 잘한 선택인지 어떤지 모르겠어.'

눈물을 흘리면서 잘한 것이 되도록 해달라고 애타게 기도합니다.

기관절개를 해도 병이 낫지 않는다는 것을 그는 이해한 후에 내린 결단이라고 생각합니다.

그러나 이 혹독한 현실에 '역시 아무것도 소용없는 것이었던 건가. 이제 무리일지도 몰라.'라는 체념과 슬픔, 분함, 아니 그런 단어로는 표현할 수 없는 복잡한 생각에 사로잡혀 있었을 것입니다.

아내는 슬퍼할 여유도 없었습니다. 가래를 빼거나 영양분을 주입하는 등의 해야만 하는 일을 힘을 다해 하고 있는 것 같았습니다. 자신을 바쁘게 하는 것으로 견딜 수 없는 마음을 다스리고 있는 건지도 모르지요.

"저, 좀 더 자주 와주시면 좋겠어요."

"어제는 수면제가 너무 잘 들었나 봐요. 정신없이 자버렸어요. 근데 부질없는 것을 생각하지 않아도 되니까 자는 편이 나은 거 같기도 해요."

"이전보다 기운이 더 나네요."

방문할 때마다 조금이라도 차분한 심경으로 지내실 수 있기를 기도하는 마음으로 바랐습니다. 작은 목소리로 말하는 그의 한마디 한마디를 놓치지 않도록 모든 신경을 집중하고 있었습니다.

왼쪽 가슴의 종양은 점점 진행이 빨라졌습니다. 그에 따라 사와이 씨는 눈에 보일 정도로 기력이 쇠약해졌습니다. 기관절개를 하고 2개월 정도 지나니 목소리를 낼 체력도 남지 않았습니다. 오로지 졸고만 있었습니다.

저는 전에 그가 했던 말을 잊지 않고 기억하고 있었습니다.

'아무도 모르게 슬쩍 가버릴 수 있다면…… 하고 자주 생각해요. 집이라서 특별히 불안한 것은 없어요.'

오히려 이 상태가 그에게 있어서는 행복한 것이라고 저 자신을 스스로 격려합니다.

아내는 병이 어디까지 진행되었는지는 알고 있었던 것 같습니다. 하지만 남편과의 이별이 가까워진 것에 대해서는 순순히 받아들일 생각이 없어 보였습니다. 말로 하지 않아도 사무치는 그 마음은 강하게 전해져 왔습니다.

"수면제을 쓰지 않았는데도 계속 자고 있어요. 어제 밤은 제대로 깨 있었는데 말이에요."

아내에게는 잔혹한 일이었습니다만, 현실을 바라볼 수 있도록 이야기를 했습니다. 입원하고 있는 것과는 다르게 재택 요양에서 항상 곁에 있는 사람은 아내이기 때문에 예상치 못한 위급한 상황이 되었을 때를 대비해야 한다고 생각했기 때문입니다.

사와이씨의 상태는 지금 당장 마지막이 찾아와도 이상하지 않을 정도였습니다. 기관절개를 했기에 통증에 대한 부담도 줄어들어서 아내만 마음의 준비를 한다면 집에서 돌보는 것도 괜찮다고 생각되었습니다. 그래서 먼저 그 것에 대한 이해를 구하고 '하루하루를 무사히 남편과 지낼 수 있었다.'라고 생각해 주시길 바란다고 전했더니 아내는 눈물을 흘리며 말했습니다.

"저는 남편의 병을 월 단위로 생각하고 있었어요. 그런 식으로 오늘 내일 중에 갑자기 마지막이 올지도 모른다고 말하더라도 받아들여지지 않아요. 한 달이 다 지나야 끝나도 끝날 것 같으니까."

집에서 죽음을 본다는 것은 말로 하는 것만큼 간단한 것이 아닙니다.

'무슨 일이 일어나면 할 수 있는 것은 무엇이라도 다 해볼 거야.'라고 생각하고 있는 아내에게는 갑자기 손을 쓸 수 없을 정도의 어려운 일이 남편에게 닥친다면 평생 동안 후회할 일이 될 것이라고 생각되었습니다. 아내를 생각해서 나중에 입원도 할 수 있는 것이니까 가족 간에 상의해 보자고 제안하고 병원으로 돌아왔습니다. 그로부터 일주일 정도 지나고 아내는 무언가 결심한 것처럼 이렇게 물었습니다.

"돌연사도 있다면서요. 이렇게 꾸벅꾸벅 졸 수 있다는 것은 고통스럽지 않다는 것이겠지요. 내가 알아챘을 때 이미 죽어있었다면 어떻게 하면 되나요?"

한 주가 더 지난 후 이번에는 아들과 함께 있을 때 그녀는 이렇게 말했습니다.

"남편과 남은 시간을 소중히 보내고 싶어요."

아직 받아들이기 힘들지만 현실을 외면할 수 없다는 것을 인정하는 얼굴이었습니다. 지금까지 말한 것 중 가장 명확한 어조였습니다.

자식들의 지원을 얻어 남편의 지금 상태를 정확하게 받아들이고 남겨진 시간을 소중하게 지내자고 속으로 결심했겠죠. 그 마음이 전해져 왔습니다.

아내가 마음을 굳히고 며칠이 못되어 사와이 씨는 저와 같은 팀의 간호사가 방문하고 있던 중에 자식들 곁에서 조용히 숨을 거두었습니다. 연락을 받고 주치의와 함께 달려간 저에게 아내는 말했습니다.

"오시카와 선생님, 저 최선을 다 한 거겠죠?"

눈물을 흘리면서 한 말입니다.

그렇게 말할 수 있는 아내는 다시 회복되어 사와이 씨의 몫까지 열심히 살아갈 것입니다. 새택 간호를 하다보면 선택해야 할 시간이 필연적으로 찾아옵니다. 삶을 조금 더 늘리는 선택을 할 수도 있습니다. 반면에 어떤 선택은 삶을 단축시킬 수도 있습니다. 분명한 건 삶과 죽음의 경계에서 선택을 한다는 것이지요! 아니 그렇게 할 수밖에 없습니다.

사랑하는 사람들이 이별을 준비할 수 있는 시간을 가질 수 있다면 조금 덜 아프지 않을까요?

"사와이 씨, 기관절개를 한 것 후회하지 않아요 ? "

저는 마지막에 이 질문을 하고 싶었고, 지금도 그 대답을 알고 싶습니다.

아내의 간병 이야기

남편이 병에 걸려서
좋은 게 한 가지 있어요.
움직일 수 없게 되고 나서야
겨우 애 아빠가 제 품으로 돌아왔어요.
(62세 · 남성)

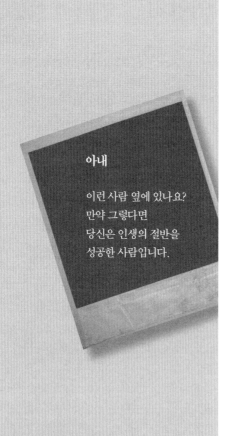

아내

이런 사람 옆에 있나요?
만약 그렇다면
당신은 인생의 절반을
성공한 사람입니다.

🍎 병에 걸린 자기 자신을 받아들임

키요미즈 씨와 방문 간호과와의 만남은 1992년의 마지막이 얼마 남지 않았던 때로 거슬러 올라갑니다. 62세의 키요미즈 씨는 폐기종의 악화에 따른 재택 산소요법이 필요하게 되어 퇴원 후부터 방문이 시작되었습니다.

"충격이었지. 내 몸이 산소를 공급해 주지 않으면 안 될 정도로까지 되었다는 사실이. 거기다 불편하고 말이지. 어쩔 수 없다고는 생각하지만."

이 말은 진심이었을 것입니다. 난치병 환자들이라면 누구나 병에 걸린 자신을 받아들이고 마주 대하기까지 심한 갈등을 겪게 되니까요.

다행히도 키요미즈 씨는 은퇴한 상태였고 고통스럽긴 했지만 산소 마스크를 착용하고 혼자서 생활할 수 있었습니다. 외래에도 이동용 장치(산소가 들어 있는 작은 기기)를 밀면서 다닐 수 있었기 때문에 방문 간호는 단 한 번만으로 끝냈습니다.

그로부터 6년이 지난 1999년 2월, 그는 만성호흡심부전이 악화되어 입원하게 되었습니다. 6년이 흐르는 동안 몇 차례 폐렴으로 입원했었지만 산소 유량을 늘리는 처치로 다시 평상으로 돌아가곤 했습니다. 그러나 이번 입원은 달랐습니다.

병의 상태를 진정시키고 집으로 돌아가기 위해서는 산소요법만으로는 부족해서 야간에는 마스크를 쓰는 인공호흡요법이 추가로 필요하게 되었습니다. 더욱이 엎친 데 덮친 격이라 할까요! 입원 중에 직장암이 발견되었습니다.

키요미즈 씨의 폐는 전신마취를 하고 수술을 받기에는 상당히 위험한 상태라고 판단되어 수술은 포기하게 되었습니다.

이 입원을 기점으로 입원 전에는 천천히 혼자 벽을 잡고 걷는 것도 가능했었지만 이제는 다른 사람의 도움을 받아도 간신히 걸을 수 있는 정도가 되어버렸습니다. 그리고 그는 "왜 이런 것(인공호흡기)을 꼭 달고 다녀야 되는 건가." 하며 불만이 폭발했다는 이야기를 들었습니다.

지금까지는 병과 잘 공생하는 요령을 터득해서 산소기기를 가지고 아내와 여행도 했다고 합니다. 그랬던 그가 직장암이 발견되고 밤에도 인공호흡기를 달아야 되자 스트레스와 불안이 증폭된 것 같았습니다. 그런 상황 앞에서 얼마나 절망스럽고 속상했을까요?

키요미즈 씨와 앞으로 잘 사귀어야 할 저희 방문 간호팀은 그의 상처받은 감정을 잘 감당할 수 있을지 걱정되기 시작했습니다. 새로운 환자를 방문하기 전에는 언제나 이렇게 팽팽한 긴장을 피할 수 없습니다.

지금까지 별다른 방문 없이 재택 요양을 하고 있던 그였지만 이제는 저희의 주기적인 방문이 필요하게 되었습니다. 저희는 환자의 상태를 안정시키고 정신적인 문제들을 해소하며 인공호흡기까지 동원된 재택 요양에 대해 심한 불안을 느끼고 있을 아내를 안심시키기 위해 6년 만에 방문 간호를 다시 시작하게 되었습니다.

아내는 키요미즈 씨의 사업과 관련된 경리업무를 하고 있었지만 재택 요양이 본격화되면서 일을 쉬고 간병에 전념하게 되었습니다.

키요미즈 씨의 집은 2층이 주 생활 공간이었습니다. 현관을 들어서면 곧바로 2층으로 올라가는 계단이 있었는데 거기에는 승강기가 달려 있습니다. 외래 진료를 다닐 때는 그 승강기를 이용해서 오르락내리락했습니다. 그러나 이제는 2층의 침대에서만 거의 생활하게 되면서 승강기에는 살짝 먼지가 쌓여 있었습니다.

2층으로 올라가면 먼저 묵직한 큰 액체산소통이 놓여 있었는데, 저희는 그 산소의 유량流量을 확인한 후 안쪽에 위치한 키요미즈 씨가 있는 방에 들어가는 것이 주요 일과였습니다.

"특별히 아프다거나 하지는 않아요. 마누라가 힘들 테니까 일주일에 두 번씩 와주면 좋겠어요. 그래서 마누라 덜렁대는 것 좀 고쳐주시게나."

어떻게 반응해야 좋을지 키요미즈 씨의 표정을 살피면서 아내에게 눈을 돌리니 남편의 말 따윈 전혀 귀에 들어오지 않는 모양입니다.

"어젯밤에는 걱정 때문에 한숨도 못 잤지 뭐유. 마스크가 새벽에 빠져 버리는 바람에……. 도대체 눈을 뗄 수가 없어서 어떻게 해야 좋을지 모르겠어……. 밤낮으로 산소량 조절하는 것도 힘이 드니 원……."

밤에만 하는 거라고는 하지만 인공호흡기를 집에 들여놓고 치료를 하고 있어서 부담스러운 것은 당연할 것입니다. 기계가 제대로 작동하고 있는지 마스크가 벗겨져서 큰일나는 건 아닌지 등 처음 해보는 일이 아직 익숙하지 않아서 불안한 모양이었습니다.

아내는 차분하게 저희와 이야기를 나누지 못하고 허둥지둥하는 눈치였습니다. 열심히 하려고는 하나 좀처럼 요령을 터득하지 못하고 겉

도는 것 같다고 할까요? 긴장까지 하고 있어서 더 안 되는 거겠지요.

"괜찮아요. 괜찮아요. 조금씩 익숙해질 테니까 걱정 마세요."라고 미소를 지어 보였습니다.

'이렇게 열심히 하려고 하는데 곧 잘 될 거야.'

그러나 퇴원 후 한 달도 채 되지 않아 재입원하게 되었습니다. 인공호흡기의 마스크 조정이 제대로 되지 않아서 상태가 호전되지 못한 데다 예전에 한 번 있었던 기흉氣胸1)이 다시 생기면서 악화된 때문이었습니다.

키요미즈 씨가 마스크가 답답해서 밤에 자주 빼버리는 바람에 문제가 계속 됐었고 이 때문에 부부싸움도 했던 모양입니다.

입원을 처음부터 생각했던 것은 아니었기에 주치의와 저희 방문팀은 대응책을 심각하게 고민했습니다. 조금 잘 맞는 마스크를 찾아볼까. 기관에 튜브를 삽입한 인공호흡으로 바꿀까. 만약 기관에 튜브를 삽입하면 아내는 더 부담스러워질 텐데 가능할까. 지금도 익숙하지 않아 고생하는데 더 어렵게 만드는 것을 아닐까.

생각이 이어지는 사이 상태가 악화되어 병원에 있기 싫어하는 키요미즈 씨를 설득해서 입원시켰습니다. 그것이 최선의 결정이었는지도 모르겠습니다. 집에서는 간호가 제대로 이루어지지 않았으니까요. 한 달 만에 병원으로 되돌아온 것은 결국 저희 방문팀의 책임이었습니다.

'혹시 이대로 집으로 돌아갈 수 없다면……' 하는 걱정으로 병실을 몇

---

1) 기흉(pneumothorax, 氣胸) : 폐에 있어야 할 공기가 폐의 손상 등으로 인해 새어나가서 가슴에 차오르는 현상

번이나 찾아보곤 했습니다. 약 두 달간의 입원 끝에 결국 기관에 구멍을 내고 튜브를 넣어 야간에는 인공호흡기와 기관에 삽입된 튜브를 연결시키는 작업을 하도록 했습니다. 그 처치를 끝내고 무사히 다시 퇴원하게 되었습니다.

'이번에는 정말 재택 요양을 잘할 수 있도록 최선을 다해야 해.'

긴장 속에서 다짐을 하고 또 했습니다.

🍎 가족의 의지가 필요해요

퇴원한 후 며칠이 안 되어 아내가 전화를 했습니다.

"남편이 힘들어서 그러는지 식욕이 없어요. 그리고 가래가 잘 빠지지 않는데 튜브에 이상이 있는 건 아닐까요?"

당황한 목소리였습니다. 여러 가지로 물어본 결과, 위급한 상태는 아니라고 판단되어 전화로 상세하게 대처법을 알려주고 하루 더 상태를 지켜보기로 했습니다.

키요미즈 씨의 집은 다행히도 병원 바로 옆이었습니다. 응급상황이라면 언제라도 바로 달려올 수 있었습니다. 그러나 재택 요양은 아내를 중심으로 진행되어야 합니다. 저희가 24시간 곁에 있을 수는 없습니다. 직접 간병을 책임지는 아내를 위해서라도 심각한 상태가 아닐때는 가만히 지켜보는 것도 필요합니다.

재택 요양 일지 중에는 이러한 기록도 있습니다.

'간병인이 인공호흡기 알람이 울려 급히 구급차를 불러, 병원에 왔으나 환자를 살펴본 결과 상태가 악화되지 않아 다음날 귀가시킴.'

'밤중에 환자가 괴로워한다는 연락이 와서 급히 방문해 보니 인공호흡기의 설정이 잘못된 것 외에는 특이사항 없었음.'

전문가가 없는 상태에서 재택 요양을 하는 것이라 예상외의 상황이 발생하면 간병인이 침착하게 대처하지 못하는 경우가 많이 있습니다.

저희를 의지하는 것은 기쁘고 보람도 느끼게 되긴 하지만 가족도 강한 의지와 지식이 없으면 잘 진행되지 않는 것이 재택 요양입니다.

다음 날 아침 일찍 연락해보니 키요미즈 씨의 상태는 안정되어 있었습니다. 잘 처리해 준 아내에게 감사의 마음을 전하고 그날 임시 방문을 해서 지난밤의 문제에 대해 상세히 다시 알려드렸습니다.

퇴원 후 한 달이 지나자 재택 요양도 조금씩 안정되어 갔습니다. 그런 시점에서 아내의 스트레스도 줄일 겸 잠시 그만뒀던 경리 일을 다시 하실 수 있도록 간병도우미의 도입이 검토되었습니다. 도우미는 입욕, 식사 등의 수발은 가능해도 전문 의료행위는 불가능합니다.

여기서 문제가 된 것은 도우미 자격을 가지고 가래 흡인이라는 행위를 할 수 있는 베테랑 도우미라도 법률상으로는 기관절개 상태에서의 흡인은 할 수 없었습니다. 이상한 이야기입니다. 경험이 없는 가족은 할 수 있어도 자격을 가진 도우미는 하면 안 되는 것. 모순인 것 같다는 생각이 듭니다. 가족의 간병 부담을 덜어주기 위해서 도우미를 활용하더라도 흡인이 필요한 시점에서는 가족이 있어야 한다면 도우미 활용의 의미가 퇴색되는 것 아닌지.

키요미즈 씨는 여기저기 수소문한 끝에 간호사 면허를 가지고 있는 도우미에게 부탁할 수 있게 되었습니다. 저희도 주 3회로 방문횟수를 늘려 아내의 불안과 스트레스를 줄여나가는 데 최선을 다했습니다. 변함없이 허둥대긴 했지만 그래도 조금은 여유가 생긴 것 같았습니다.

"집에 있을 수 있어 남편이 좋은가 봐요. 어제는 머리 감겨줬어요."

싱글벙글하며 남편의 상태를 알려주는 아내를 보니 마음이 좀 놓였습니다.

이 무렵부터 저희는 키요미즈 씨와 대화를 즐기게 되었습니다. 처음에 그는 썰렁한 농담을 자주 하는 바람에 웃어야 할지 울어야 할지 모를 때가 많았는데 이제는 농담에 대꾸도 하며 즐거운 시간을 보내게 된 걸로 봐서 저희에게도 여유가 생겼나봅니다.

"지난밤엔 잘 주무셨어요?"

"으음. 옛날 영화에도 있지. 나쁜 녀석일수록 잘 잔다고."

"난 너무 잘생겼다니까. 게다가 동안이기까지 하잖아."

"다음에 언제 오는지 스케줄 알려줘요. 나는 스케줄이 너무 꽉 차 있어서 조정을 좀 해야 되니까."

"카눌라 cannula[2]를 넣을 때의 간호사님 얼굴이 도깨비처럼 보이네 그려."

"옆을 보면 어지러울 때가 있어요. 지금은 어떠냐고? 집사람 얼굴 때

---

2) 카눌라(cannula) : 몸속에 삽입하는 관. 체내로 약물을 주입하거나 체액을 뽑아내거나 아니면 공기를 통하게 하기 위해서 사용된다. 흉강이나 복강에 찬 액체를 빼내거나, 채혈하거나, 기관 내에 삽입하여 호흡시키기 위한 것 등 여러 가지 용도로 사용한다.

문에 현기증이 나."

"(재활치료하고 나서)언젠가 다 모아서 한 번에 복수할 거야."

저희는 방문을 마치고 돌아오면 그날 키요미즈 씨의 농담으로 화젯거리를 삼으며 즐거운 한 때를 보냈습니다.

"간호사가 오면 잘 이야기하는데, 둘만 있으면 조용해요."라는 아내의 말에서도 알 수 있듯이 키요미즈 씨는 저희를 배려하고 있는 것이었습니다. 그 마음이 고마웠습니다.

환자와 즐거운 대화를 할 수 있는 것만큼 저희에게 활력을 주는 일은 없습니다. 하지만 슬픈 건 그것이 가능한 사람은 아주 적다는 사실입니다.

당연한 이야기지만, 저희는 병과 마지막 싸움을 하고 있는 경우가 아니면 환자와 만날 수 없습니다. 건강했던 때의 환자는 어떤 사람이었는지, 지금까지 어떤 삶을 살아왔는지 저희는 많이 물어보고 싶고 환자에게 조금이라도 더 가까이 다가가고 싶습니다. 그래서 대화가 많이 필요합니다.

아내가 언젠가 이런 이야기를 해 주었습니다.

"어시장에서 커다란 참치를 가지고 와서는 손질하라고 휙 던지는 거예요. 저는 손질하면서도 이렇게나 큰 걸 어떻게 다 먹나 하고 있는데 손질한 것을 다시 가지고 가더니 다른 사람들한테 다 줘버리지 않겠어요. 저 사람답다 싶긴 했지만 나는 손질만 하고 뭔지 원."

젊은 시절의 키요미즈 씨를 본 적은 없지만 영화에 나오는 조직의 두

목 같은 기질이 그에게 있었습니다. 지금은 병에 걸렸지만 멋쟁이였을 젊은 그의 모습이 저절로 상상되기도 했습니다.

때로는 진지하기도 했습니다. 어느 날, 기관의 튜브를 교환하고 있는데 키요미즈 씨가 그 튜브를 물끄러미 보고 있더니 이런 말을 했습니다.

"그렇게 생긴 게 들어가 있는 거군요. 공자孔子의 말에 신체발부身體髮膚는 부모에게서 받는 것이니 감히 훼손하지 않는 것이 효孝의 시작이라는 게 있거든. 부모에게서 받은 신체에 흠을 내서는 안 된다는 말이지 않겠소. 그런데 선생이 기관에 구멍을 뚫는 것을 권하셨을 때 실은 아버지가 머리맡에 나타나서 상관없다고 하셨어. 그래도 지금 다시 기관절개를 한 것이 잘 한 건지 어떤지 생각하고 있어요."

그것을 듣고 있던 아내는 "그런 생각을 다 하다니……." 하며 눈물을 머금었습니다.

"당신이 마음에 여유가 생긴 모양이네."

아직 집에서의 간호에 마음의 여유를 가질 수 없었던 아내도 남편의 말로 스스로를 격려하고 있는 것 같았습니다. 아내의 간병 덕에 키요미즈 씨가 여유가 생긴 것일 테니까요.

그는 자신의 상황을 객관적으로 보고 있다고 생각되었습니다. 살고자 하는 희망이 마음에 자리 잡은 것이겠지요.

"변이 묽고 아침부터 네 번이나 변을 봤어요. 이대로 괜찮나요? 약을 먹으면 좋아질까요?"

"오늘은 계속 졸고 앉았는데 좀 걱정되네요. 한 번 봐주시면 좋겠는데……."

그 즈음부터 아내는 전화나 호출로 방문을 요청하는 때가 종종 있었고 저는 긴급 방문을 하게 되었습니다.

그러나 언제나 키요미즈 씨는 "병원은 싫어. 집에 그냥 있고 싶어"라는 의사를 분명히 했기 때문에 저희는 입원하지 않고 이런 저런 방법으로 대응책을 찾아나갔습니다.

키요미즈 씨는 호흡하는 것이 힘든 것뿐 아니라, 직장암으로 인한 하혈 때문에 빈혈도 생겨 호흡기를 달고 있는 게 편한 상태였습니다. 처음에는 야간에만 인공호흡 요법을 했지만 낮에도 호흡기를 장착하는 일이 많아졌습니다. 아내도 낮에도 하는 게 더 안심이 된다고 했습니다.

저는 솔직한 심정으로 '아까워. 키요미즈 씨가 조금만 더 힘을 내주면 좋겠는데……' 하는 안타까운 마음을 가지고 있었습니다.

이 무렵, 의료팀은 향후의 키요미즈 씨의 치료와 돌봄을 어떻게 진행할지에 대해 의논했습니다. 삶의 만족도를 높이려면 인공호흡기를 벗기고 대화할 기회를 늘리고 싶었고, 그의 생명 연장을 위해서는 적어도 복식호흡 등의 재활치료를 해야 할 필요가 있었습니다. 그렇다면 적극적으로 호흡기를 벗길 수 있도록 접근해보자는 쪽으로 계획을 세웠습니다.

키요미즈 씨도 이 제안을 받아들였고 먼저 방문했을 때 호흡기를 벗기는 것부터 시작했습니다. 언젠가는 몸의 한계가 와서 인공호흡기를 계속 차고 있지 않으면 안 되는 때가 옵니다. 하지만 그때까지는 키요미즈 씨의 목소리를 조금이라도 더 듣고 싶었고, 이야기를 하고 싶었습니다. 저도 팀의 동료들도 같은 마음이었습니다.

그런 상황에서 재택 요양을 시작하고 두 번째 입원이 결정되었습니다. 지난번 퇴원으로부터 4개월쯤이 지난 때였습니다.

🍎 아내의 고뇌

키요미즈 씨는 기흉으로 인해 약 한 달을 입원한 후 다시 집으로 돌아왔습니다. 치료는 나름대로 잘 된 편이어서 이전과 같이 낮에는 산소만으로 지낼 수 있었습니다.

"돌아올 수 있어서 다행이야. 이제는 목소리를 내는 것조차 아까운걸."

그의 솔직한 심정이었을 것입니다. 다시 아내와의 2인 3각 요양이 시작되었습니다.

다시 키요미즈 씨의 썰렁 개그가 시작되었습니다.

"몸 상태는 좀 어떠세요?"

"당신과 같소."

"짜증이 나! 배가 고파서 말이야(웃음)."

"수분 공급을 잘 하라고요? 자, 그럼 맥주에 밥 말아줘요."

"(머리를 가리키며)나쁜 곳은 여기뿐이야."

이런 개그가 나올 때면 안심했습니다. 아내도 마찬가지였겠지요. 그의 유머는 몸 상태를 알려 주는 척도였습니다.

퇴원하고 두 달 후 재택 요양을 시작하고서 첫 번째 새해를 맞이했습니다. 그러나 시기는 좋지 않았습니다. 그때가 2000년을 맞이하고 있던 때라 컴퓨터의 Y2K[3]문제로 세상이 떠들썩했습니다. 병원에서조차 정전에 대비해 인공호흡기를 달고 있는 환자를 위한 대비책을 마련하느라 분주하던 시기였습니다. 재택 요양은 더욱 큰일이었습니다. 입원해 있는 게 안전하겠다고 다시 입원하는 환자도 생기고 있었습니다.

키요미즈 씨는 호흡이 힘들어지는 밤에만 인공호흡요법을 하고 있었기 때문에 만일의 경우에는 산소요법으로 전환하는 것만으로도 생활은 가능했습니다. 그러나 정말 정전이 일어난다면 가래가 찼을 때 흡인기도 사용할 수 없게 되어 버립니다. 발로 밟아 작동하는 흡인기가 있기는 했지만 아내가 당황하게 되면 제대로 사용할 수 있을까 의문이었습니다. 그런 문제로 새해 벽두부터 구급차에 실려 병원으로 오는 것 아닐까 고민이 많이 되었습니다.

키요미즈 씨 본인은, "당연히 새해 첫 날은 집에 있는 게 좋죠. 1인실에 혼자서 있기는 싫어요. 우울해지니까." 하고 재택 요양을 희망했습니다. 안타깝게도 다음 새해를 집에서 맞이할 수 있을지는 보장할 수 없었습니다.

저희는 아내의 성격과 간병 능력에 맞춰 정전에 대비한 면밀한 계획을 세우고 연습시켰습니다.

---

3) Y2k : 밀레니엄 버그. 컴퓨터가 2000년 이후의 연도를 제대로 인식하지 못하는 결함. 컴퓨터가 2000년을 00년으로 인식하게 되면 컴퓨터를 사용하는 모든 일이 마비될 수 있어 커다란 재난으로 이어질 수 있는 결함을 말한다. Y는 연도(Year)의 첫글자를 딴 것이고 2는 2000년의 2, k는 1000을 의미하는 kilo에서 온 것이다.

"어떻게든 해볼게요."

무엇이든 노력하는 아내는 필사적으로 보였습니다. 연세가 좀 많긴 해도 그 모습이 귀엽게 보이기도 했습니다. 틀림없이 키요미즈 씨는 아내의 저런 면에 반하지 않았을까 생각되었습니다. 그러나 모든 게 생각처럼 쉽지는 않습니다.

"저, 당황하면 머릿속이 전부 하얘져서…, 지금은 알 것 같은데 실제로 닥치면 허둥댈지도 몰라요. 여러 번 해보고 연습해서 정말 닥쳤을 때 침착하면 좋겠는데……."

아내가 최선을 다해 준비한 노력의 결실을 볼 수 없어서 아쉽기는 했지만 다행히 그해 첫 날은 아무 사고 없이 무사히 밝았습니다.

재택 요양도 직장암만 빼면 아무런 걱정도 없었습니다. 저는 직장암이라는 악마의 부하가 언젠가 반드시 찾아온다는 것을 알고 있었기에 내내 불안을 떨칠 수가 없었습니다. 안정되고 평안한 생활이 조금이라도 길게 유지되기만을 간절히 바라고 또 바랐습니다.

어느새 벚꽃의 계절도 지나고 여름에 접어들 무렵, 키요미즈 씨는 때때로 복통을 호소했습니다. 또 변이 검거나 혈액이 섞여 있기도 했습니다.

'올 것이 왔구나.'

직장암이 드디어 진행을 보인 것입니다. 수술을 하지 않았기에 언젠가는 일어날 일이었지만 변에 섞인 피를 보았을 때 아내의 마음은 어땠을까요.

빈혈도 조금씩 심해져 몸 상태도 점점 안 좋아지고 있었습니다. 이제는 야간에만 아니라 대부분의 시간을 인공호흡기에 의지해 살아가게 되었습니다. 한 번 이렇게 악화되면 돌아가실 때까지 인공호흡기를 벗을 수가 없게 됩니다.

그래도 제가 보기에 그는 평상심을 잃지 않았습니다. 괴로운 표정이나 어두운 얼굴을 보이지 않고 담담하게 저희를 맞이하고 몸짓이나 필담筆談, 입모양으로 자신의 몸 상태를 전해 주었습니다.

"계속 호흡기를 달고 있는 편이 본인도 편한 것 같아요. 흡인 때 기계를 떼어내야 하는 게 힘들긴 하지만."

아내도 현재의 이 상황을 받아들일 수밖에 없었습니다.

여름이 되면서 썰렁개그도 더 이상 들을 수 없었습니다. 양손을 써서 상태가 좋음 ○, 보통 △, 나쁨 ×로 그날의 몸 상태를 알려주었습니다.

×가 나온 어느 날, 돌아가는 현관에서 "이렇게 하고 있으니 인생이란 뭘까 하는 생각이 들대요. 건강이 정말 중요한 거드라구요." 하며 아내가 말한 적이 있습니다. 주체할 수 없는 감정을 마음속에 접어 두고 매일 매일 남편의 간병을 위해 온 힘을 쏟고 있는 아내의 아픔이 전해져 왔습니다.

그때가 두 번째 입원으로부터 10개월이 지난 시점이었습니다. 아내의 스트레스와 피곤도 극에 달해 오로지 정신력으로만 버티며 간병을 유지하고 있던 때였습니다.

2000년 4월부터 요양보험이 실시되었습니다. 키요미즈 씨는 가장 중증 판정을 받았습니다. 그러나 보험으로 보장받지 못하는 부분도 있어 그런 것은 자비로 도우미를 고용해 해결해 나갔습니다. 그런 시점에서 저희는 아내에게 최후의 선택을 하도록 해야 했습니다.

아슬아슬할 때까지 집에서 간병하다가 최후의 순간에 입원시킬 것인지 아니면 끝까지 집에서 지내게 할 것인지에 관한 문제였습니다.

더 이상 미룰 수 없어 단단히 마음 먹고 말씀드리러 갔더니 아내는 기다렸다는 듯이 현관에서부터 이야기를 시작했습니다.

"남편에게는 이미 시간이 얼마 남지 않았다는 거…… 알고 있어요 딸에게도 말했구요. 딸아이는 엄마 몸도 안 좋은데 아빠가 인공호흡기 계속 달고 오랫동안 살아계시면 엄마가 먼저 쓰러질 거라는 군요. 그러면서 아빠부터 가는 게 순서 아니냐고……. 남편은 선생님에게서 암에 대해서는 들었을 텐데도 변이 붉어서 내가 놀라도 아무 말도 없어요. 이제 내가 어떻게 해야 되는 건지 잘 모르겠어요."

지금까지 참아왔던 아내가 생각들을 한꺼번에 쏟아놓았습니다.

'아내가 아직 마음을 정하지 못하셨구나. 오늘 아내의 속마음을 다 들어봐야겠네. 역시 집에서 보는 것보다 설득해서 입원시키는 것이 나은 걸까?'

이런 저런 생각을 하며 키요미즈 씨의 방에 들어섰습니다.

"다섯 단계로 나눈다면 지금 몸 상태는 어떠세요?"

손가락으로 '2'를 나타냅니다.

"지금 뭘 하고 싶으세요?"

호흡기를 달고 있으면서 입모양으로 '회'와 '여자'를 명확히 말했습니다. 이런 상황에서도 그런 유머를 말할 수 있다니 그는 정말 대단한 사람이었고 좋은 사람이었습니다. 그러나 그것이 제가 본 그의 마지막

유머가 되었습니다. 그는 유머를 통해 '나는 아직 살아 있어!'라는 메시지를 보낸 것인지도 모르겠습니다.

저희는 고민에 빠졌습니다. 만약 입원을 한다면 지금이 가장 시기적절한 때입니다. 그러나 지금까지 잘 견디며 재택 요양을 해왔으니 그가 특별히 입원을 원하지 않는 한 계속 재택 요양을 해야 옳은 건지도 몰랐습니다. 그러나 그러다가 마지막에 잘못되기라도 한다면 아내가 지금까지 온몸을 던져 한 노력들이 물거품이 되어버릴 것 같기도 했습니다.

결론은 쉽지 않았습니다. 정답 따윈 처음부터 없었으니까요.

이런 경우, 역시 최종결단은 본인과 가족의 몫입니다. 한 번 더 그의 마음을 확인한 뒤에 아내가 결정하기로 했습니다.

며칠이 지났습니다.

키요미즈 씨는 '자신의 최후를 어디에서 맞이할 것인가'라는 질문에 고뇌에 찬 표정으로 이렇게 대답했습니다.

"무슨 일이 있더라도 계속 집에서 지내겠어요."

그리고 아내도 "남편이 바란다면 저도 집에서 있는 걸로 정하겠어요." 하고 단호하게 말했습니다. 그렇게도 집에서 간병하는 것을 불안해했던 아내지만 마음의 결정을 내린 것 같았습니다.

결국 24시간 호출체제를 유지하면서 그날부터 매일 방문이 이루어졌습니다. 딸도 일을 쉬면서 그의 곁에 붙어있게 되었습니다.

그러나 단 며칠 만에 그는 돌아올 수 없는 사람이 되었습니다.

그날 제가 도착했을 때도 인공호흡기는 작동하고 있었습니다. 이미 심장이 멈춘 주인을 살리겠다고 마지막 애를 쓰고 있는 것만 같았습니다. '슈~ 슈~욱'하던 그 소리가 어쩌나 애처롭고 공허하게 들리던지…….

그의 얼굴을 가만히 바라보고 있자니 지금이라도 눈을 번쩍 뜨고 씨익 웃으면서 그의 일류 썰렁 개그를 한 판 시작할 것만 같았습니다.

"키요미즈 씨, 저 선생님과 한 번 더 이야기를 나누고 싶었어요."

방문을 시작한 지 3년. 눈을 감은 그에게 이렇게 말한 순간 쏟아지는 눈물을 참을 수 없었습니다.

🍎 애아빠가 겨우 다시 돌아왔다

저는 돌아오는 길에 키요미즈 씨와의 일들을 되돌아보았습니다. 침대에서 일어날 수 없게 되고 나서 간병은 거의 아내 혼자서 했습니다. 침대 주위를 왔다 갔다 허둥대는 아내의 모습이 떠오릅니다. 피곤에 지친 표정을 지을 때도 있었습니다.

어느 날 아내가 이런 말을 했습니다.

"남편이 병에 걸려서 좋은 게 한 가지 있어요."

"그래요? 말도 안 돼. 그럴 리가요."

"움직일 수 없게 되고 나서야 겨우 애 아빠가 제 품으로 돌아왔어요."

키요미즈 씨는 건강할 때 외모도 좋고 성격도 남자다워서 여자들에게 인기가 많았다고 합니다. 그런 사람이 지금은 계속 곁에 있어서 좋다는……, 언뜻 보기에 기쁜 듯한 아내의 말이었지만 그 뒷면에는 '놀고 싶은 만큼 더 놀아도 좋으니, 다시 건강해지면 좋겠어.' 하는 바람이 숨어 있었던 것이겠지요.

키요미즈 씨는 쑥스러워 하기도 하는 사람이었습니다. 어느 날 아내가 농담으로 저에게 말한 적이 있었습니다.

"내가 이렇게 힘들게 간호하고 있는데, 고맙다는 말 한마디 안 해주는 거 있죠?"

"저런, 그건 안 좋은 얘기네요. 천하의 멋쟁이 키요미즈 아저씨가 웬일이래요?" 하고 말해도 못 들은 척하는 얼굴이었습니다. 심술이 발동한 저는 그의 입을 열게 하려고 이것저것 말을 걸어 보기도 했습니다. 그렇지만 소용이 없었지요.

그런 어느 날이었습니다.

"고마워. 감사하고 있어. 집이 제일 좋아."

평소에는 수다스럽기까지 한 키요미즈 씨가 무슨 판결문을 읽듯이 짧고 간단하게 아내에게 선사한 말이었습니다.

"엎드려 절 받으니 왜 이리 소름이 끼치지?"라고 아내는 말했지만 몹시 기뻐 보였습니다.

재택 요양을 할 때 집에서 간병하는 사람은 결코 쉽지 않습니다. 강한 인내심과 깊은 애정이 필요합니다.

항상 남편의 한 발 뒤에서만 인생을 걸어 온 아내가 재택 요양을 계기로 그를 앞에서 든든히 끌어주게 되었습니다.

"곁에 계속 있으면 혼자가 되고 싶고, 정말 혼자가 되면 누워만 있어도 좋으니까 계속 있어 줬으면 하고 생각되기도 하고……, 인간이란 정말 제멋대로네요."

키요미즈 씨가 돌아가시고 49일이 지날 때 저희를 찾아와 준 아내가 한 말이 인상적이었습니다.

이제 그로부터 2년 이상이 지났습니다. 계절이 변할 때마다 아내는 저희를 찾아옵니다. 매번 오실 때마다 조금씩 기운이 회복되어 있는 모습을 발견합니다. 이제는 등산을 취미로 삼았다고 했습니다.

"여러분으로부터 활력을 좀 얻어 갈려고 왔어요."라고 해 주시는 아내의 말씀에 저희는 언제나 격려를 받습니다.

"있는 힘을 다했던 간병이었으니까 후회는 없어요." 아내의 뒷모습은 우리에게 이렇게 말하고 있는 것 같았습니다.

또 계절이 바뀔 때 활짝 웃는 얼굴로 방문해 주시기를 벌써 기대하고 있습니다.

노부부, 오직 아내를 위하다

여보게, 당신,
되도록 집에서 견디는 거야.
병원에서도 같은 것밖에 해 주지 않아.
(67세·여성)

헌신

나는 당신이 되어야
합니다. 당신도 내가 되어야
합니다. 그래야 끝까지
손을 놓지 않을 수
있습니다.

🍎 입원해서까지 오래살고 싶지 않아

하츠네 할머니가 돌아가신 지 7년이 지났습니다. 지금도 할머니가 집에서 투병하시던 모습이 선합니다. 입·퇴원을 되풀이하시면서도 이왕이면 집에서 치료를 받으며 가족들과 마지막을 함께하고 싶어 하셨던 할머니. 그 마음을 소중히 여기며 간호했던 3년이었습니다.

할머니는 57세 무렵에 심부전으로 입원하게 되어 심장판막증으로 수술 권유를 받았습니다. 그러나 할머니는 수술을 완강히 거부하면서 투병이 시작되었습니다.

이후에 할머니의 남편에게서 들은 이야기로는 젊었을 때부터 병에 잘 걸리고 입원도 간간이 했었기에 '더 이상 수술하고 장기간 입원까지 해서 오래 살고 싶지는 않아.'라는 생각이 강했다고 합니다. 다행히도 심장은 수술하지 않아도 정상 상태를 유지했고 주부로써 집안일도 잘 해내고 있었습니다.

그러다가 약 십년 후 할머니가 67세 때에 심부전으로 재입원, 기관절개氣管切開[1]를 한 채로 퇴원하게 되어 방문 간호가 시작되었습니다.

할머니 부부의 집은 옛날에 배의 왕래가 많던 강변에 있는 단독주택입니다. 집 밖의 도로까지 비어져 나올 만큼의 큰 나무들이 좁은 장소에 늘어져 있어 멀리서도 구분하기 쉬웠습니다. 현관을 들어가면 곧장 주방, 왼쪽으로 방 두 개가 이어져 있고, 안쪽 방이 할머니의 요양 장소

---

1) 기관절개(tracheotomy, 氣管切開) : 기관, 즉 공기의 통로가 막혀 호흡곤란이 왔을 때 공기가 유입되도록 하기 위해 인공적으로 목에 구멍을 뚫는 것

였습니다.

처음에는 할머니 스스로 거울을 보면서 기관절개부에서 가래를 빼내거나 흡인하기도 했습니다. 느리긴 했지만 실내에서의 이동도 가능했습니다. 그러나 많이 움직이거나 일을 하기는 어려웠기 때문에 주로 할아버지에게 이렇게 해 달라 저렇게 해 달라 하셨고 할아버지는 언제나 원하는 대로 들어주셨습니다.

"이렇게 되긴 했지만 집으로 돌아올 수 있어서 다행이야. 상태는 나쁘지 않아. 남편을 부려먹기만 해서 미안하긴 하지만, 밤에 아무리 불러도 안 깨는 건 좀 그래."라고 말하면서 미소 띤 얼굴로 만족한 듯했습니다. 속으론 할아버지에게 미안함을 항상 갖고 있는 할머니! 그리고 할아버지도 조금 성질이 급한 듯하지만 아내를 아끼는 남편이라는 인상을 받았습니다.

할머니는 그렇게 잘 지내시다가 2개월 후 심부전(心不全[2])이 악화되어 입원했습니다. 진단 결과 인공호흡기를 완전히 떼는 것은 불가능했습니다. 때문에 주무시는 동안과 오전/오후 각 두 시간씩은 인공호흡기를 달고 있는 것을 조건으로 집으로 돌아가게 되었습니다.

노부부 둘이서 잘할 수 있을까 하는 불안도 있고 어렵게 생긴 인공호흡기도 있고 해서 일단은 며칠간의 외박부터 시도해 보기로 하였습니다. 외박을 나가고 방문했을 때, "괜찮아. 기계가 너무 아래쪽에 있어서 손이 잘 닿지 않긴 하지만…." 이라고 했습니다.

---

2) 심부전(cardiac failure, 心不全) : 심장 기능에 이상이 생겨 온몸에 혈액을 제대로 공급하지 못해서 생기는 질환. 원인으로는 심장판막증 · 고혈압 · 심근경색 · 갑상선기능항진증 · 만성폐질환 · 동맥경화증 등이 있다.

남에게 폐 끼치기 싫어하고, 무엇이든 스스로 하려는 할머니의 성격을 고스란히 드러내는 말이었습니다. 결국 인공호흡기의 사용법도 완벽히 익혀서 스스로 잘 하시게 되었습니다.

"어제는 피곤했어. 직접 하면 가래가 잘 제거되지 않아. 그래서 할 수 없이 남편에게 부탁했지."

"괜찮다니까 왜 날 못 믿어?"

정감어린 노부부의 대화가 마음에 와 닿습니다.

'이렇게나마 안정된 재택 요양을 계속 유지할 수 있기를⋯⋯.' 하고 마음속으로 기도하면서도 한편으로는 심장판막증心臟弁膜症3)수술을 하지 않은 할머니의 심장은 상당히 나빠져 있었기에 이대로 안정된 상태를 유지하는 것이 힘든 상황이라는 것은 알고 있었습니다.

두 달도 채 지나지 않은 때 할아버지로부터 전화가 걸려왔습니다. 불길한 예감은 현실이 되어 급히 방문해보니 재택 치료로는 불가능한 단계라고 판단되어, 할머니를 구급차에 싣고 함께 병원을 향했습니다.

늦더위가 심한 9월부터 약 두 달 동안 다시 입원했습니다. 그리고 새해를 집에서 맞이할 수 있을지 어떨지 장담하지 못한 채 퇴원하게 되었습니다.

이번에는 인공호흡기뿐만 아니라 24시간 산소를 사용하게 되었습니다. 거기다 심부전 치료를 하기 위해 왼쪽 쇄골鎖骨 아래의 굵은 혈관에

---

3) 심장판막증(valvular disease, 心臟瓣膜症) : 심장판막은 심장 내벽에서 혈액의 역류를 막아주는 역할을 하는 막인데 여기에 이상이 생겨 혈액의 흐름에 지장을 주는 질환이다. 가벼운 운동만 해도 숨이차고 입술이 파랗게 된다. 일반적으로 크게 협착증과 폐쇄 부전증의 두 가지로 나뉜다. 협착은 말 그대로 판막이 좁아져서 혈액이 제대로 흐르지 못하는 것이고 판막이 상했거나 제대로 닫히지 않아서 혈액의 역류가 일어나는 것이다. 지속적인 약물 복용이나 판막 치환 등의 수술로 치료한다.

케모포트 chemoport[4]를 시술했습니다. 그리로 매일 심부전 치료를 위한 약물을 점적点滴[5]투여했습니다.

이정도 되니 아무리 남의 손 빌리기 싫어하는 할머니도 할아버지의 보살핌을 받지 않을 수 없게 되었습니다. 할아버지는 입원기간 동안 집에서 하게 될 간호를 위해 식은땀을 흘려가며 병동 간호사의 집중 지도를 받았습니다. 저는 그런 할아버지가 안쓰러워 몇 번이고 병실에 들러보곤 했습니다. 그렇게 간신히 퇴원을 하게 되었습니다.

"(점적주사를 보며)이건 어떻게 되어 있는 거야? 그렇군, 여기서 조정하는 거구나. 아, 그랬지……."

"간호사 양반, 다음에는 언제 와줄 건가? 점적주사 후에는 소변을 자주 보게 되어서 나도 바쁘다구. 하지만 나오지 않는 것보다 나오는 편이 좋은 거지?"

제가 방문할 때마다 할아버지는 그동안 궁금했던 것에 대해 질문을 쏟아놓았고 그런 할아버지를 보며 할머니는 의심쩍어 했습니다.

저도 노부부의 불안을 조금이라도 덜어 주기 위해 방문 횟수를 늘려 할아버지의 노력이 헛되지 않도록 애를 썼습니다.

"큰일이야. 큰일! 열이 38.8도나 돼."

긴급 상황이 벌어진 것입니다. 저는 서둘러 자전거로 달려갔습니다.

---

4) 케모포트 (chemoport) : 항암치료 때 계속해서 약물을 주입해야 할 때나 수혈, 채혈을 자주 해야 할 경우 체내에 삽입하는 관. 피부 밑에 외부와의 연결부인 포트(port)를 삽입해서 사용한다. 외관상 잘 눈에 띄지 않는다. 일상생활 중에는 따로 소독이 필요 없고 목욕이나 수영도 가능하다.

5) 점적(instillation , 點滴) : 약물을 일정량씩 지속적으로 주입하기 위한 방법. 일반적으로 링거를 가리킨다. ※ 점적주사 : 점적을 이용한 주사법

페달을 밟으면서 '집으로 돌아온 지 이제 일주일인데, 또 구급차를 타게 되는 건 아니겠지?' 그동안의 노력이 물거품이 되나 싶어 조급해지고 화도 났습니다.

허둥지둥 할머니 방으로 들어가니 평소와 변함없는 모습입니다. 이마에 손을 대 보아도 열이 있는 것 같지 않았습니다.

"할아버지, 정말 38.8도였어요?"

"정말이야. 이 봐 이게 그때 측정한 체온계야."

의심하는 제 얼굴을 보시더니 약간 화를 내시면서 자신만만하게 체온계를 보여 주셨습니다. 할아버지 말씀대로 끝자리가 8.8이긴 했지만 그것은 디지털 체온계의 초기 설정 숫자인 88.8의 8.8이었습니다.

결국 체온을 안 재신 거죠. 전원만 킨 상태로 숫자를 보셨나 봅니다. 그나마 눈이 안 좋으셔서 맨 앞 8자를 3자로 잘못 읽으신 거구요.

"미안미안. 이거 정말 이상하네······." 라시며 갸우뚱거리는 할아버지와 무슨 일이 벌어진 건지 잘 알지 못하고 멍하게 누워계신 할머니.

긴장의 연속이었던 그즈음, 우리는 마음껏 웃었습니다.

마음 한 편으로는 '그는 8을 3으로 잘못 보는 나이구나. 느긋하게 노후를 보내야 할 시기에 이렇게 큰 중압감 속에서 살아야 하다니······.' 하고 안타까움이 더해져 왔습니다..

그로부터 일주일 후 다시 할아버지로부터 전화 상담 요청이 있었습니다. 이번에는 정말이었습니다. 저는 할머니를 구급차에 태우고 병원으로 향했습니다. 한 해가 저물어 가는 12월30일이었습니다.

그녀는 심장뿐 아니라 신장과 간의 기능도 점차 쇠약해지고 있었습니다. 원인불명의 저혈당도 생기는 바람에 그렇게 싫어했던 입원이 또다시 결정되고 말았습니다.

검사 결과 모든 병 상태를 제어하기 위해서는 24시간 심부전을 치료하는 점적 주사와 저혈당을 예방하는 고칼로리 수혈을 계속해야 했습니다.

입·퇴원을 반복할 때마다 할머니에게 연결된 튜브가 하나씩 늘었습니다. 저희는 그녀가 집에서 생활할 수 있는 한계를 넘어섰을지도 모른다는 불안감을 느끼기 시작했습니다. 이제 할머니는 남의 손을 빌리지 않고는 살아갈 수 없게 되어버린 것입니다. 혼자서는 아무것도 할 수 없는 신세. 그것은 죽은 것과 별로 다르지 않은 것이라는 생각을 하고 계시는 할머니이기에 그 좌절감이 얼마나 컸을까요. 앞으로 재택 요양이 가능하기는 할지, 또 그렇게 해도 되는 건지 혼란스럽고 마음을 잡을 수 없었습니다. 할머니가 입원하고 계신 동안 병원의 담당 복지사에게 요청하여 장기요양이 가능한 병원을 할아버지가 돌아보실 수 있도록 부탁했습니다. 그리고 앞으로의 일에 대해 두 분이 충분히 대화하시도록 말씀드렸습니다.

재택 요양을 지원하는 일을 하는 저로서는 가능하면 재택 요양을 선택하길 바랐습니다. 노부부의 집을 다시 방문하고 싶었으니까요. 하지만 생각뿐, 그 생각을 전할 수는 없었고 부부의 결정을 기다리기로 했습니다.

❦ 손을 잡고

할아버지가 다른 병원을 둘러보고 오신 며칠 후 두 분이 계신 병실을 방문했습니다. 담당 복지사로부터 몇 군데 소개를 받았기에 마지못해 집에서 가장 가까운 병원을 다녀오신 할아버지는 간병을 혼자서 완벽히 해낼 자신은 없었지만 할머니가 수술도 안 받는다고 할 정도로 싫어하는 병원에 계속 입원을 시키는 것도 내키지 않으셨나 봅니다.

"여러 가지로 생각했는데 역시 우리 둘이서 있고 싶구먼. 내가 더 노력할 테니 간호사님들도 또 집으로 와 주게나."

할아버지는 그렇게 결정했습니다. 부부의 생각을 곰곰이 음미하는 듯한 낮은 목소리가 마음에 와 닿았습니다. 부부 사이의 이 믿음은 어디에서 나오는 걸까요? 오랜 세월 함께한 세월에서 그 답을 찾을 수 있을지 모르겠습니다. 뭐라고 해야 할까. 말로는 표현하기 힘든 끈끈한 무엇이 있다고밖에……

저는 이런 부부의 모습을 보며 다시 한 번 마음을 다잡았습니다. 새해 첫날은 아쉽게도 병원에서 지내고, 1월 말에 무사히 퇴원했습니다. 앞으로 어디까지 갈 수 있을지 아무도 알 수 없었지만 마음은 가벼웠습니다.

그런데 바로 깜짝 놀랄 일이 벌어졌습니다. 제가 방문한 어느 날 할머니가 아닌 할아버지의 얼굴이 상당히 많이 부어있었습니다. 오른쪽 눈은 떠지지도 않는 것 같았습니다.

"아…, 넘어져서 얼굴을 바닥에 처박았지 뭐야. 보통 아픈 게 아니네."

할머니가 말을 이었습니다.

"남편이 걱정되어서 밤중에는 되도록 깨우지 않고 그냥 기저귀로 해결하고 있어."

시작부터 쉽지 않습니다. 그래도 할아버지는 엄살 같은 소리는 전혀 하지 않으셨습니다. 앞으로가 걱정되는 조금 불안한 시작이었지만, 집에서 지내고 싶다는 할머니의 마지막 소원을 어떻게든 지켜내려고 할아버지는 최선의 노력을 하고 계신 것입니다. 그야말로 눈물겨운 사랑이고 헌신이었습니다.

그해에는 5월과 6월에 심부전이 악화되어 일시적으로 입원은 했지만 사계절을 모두 집에서 지낼 수 있었습니다.

"수액輪液펌프[6] 알람이 멈추질 않아. 알려준 대로 해도 안 되네."

할아버지의 긴급 호출로 한밤중에 방문한 적도 있었습니다. 저희에게는 아무 일도 아닌 것이 배우자의 목숨을 책임지고 24시간 밤낮으로 지키고 있는 할아버지에게는 큰 문제가 생긴 것처럼 여겨질 수도 있는 것입니다. 할아버지의 부담이 얼마나 큰 것인지 이런 일들로 엿보게 됩니다.

"맞아. 그렇게 하는 거였지. 역시 조금 안 되면 당황해서. 미안미안."

하고 말하는 그에게, "할아버지를 위해서라면 언제든지 날아올 수 있어

---

6) 수액펌프(輸液 pump) : 중증환자나 신생아 등 정확한 양의 수액 혹은 약물을 주입할 필요가 있을 때 자동으로 수액의 주입량을 조절해 주는 장치

요! 소중한 할아버지." 하고 대답해 주었습니다.

이렇게 밤중에 호출 받은 일이 몇 번이나 있었습니다. 낮에 방문했을 땐 아무렇지도 않던 할머니가 "힘들어." "간호사를 불러줘."라며 다급하게 할아버지를 재촉하는 일이 몇 번 계속되었습니다. 그러나 부리나케 가보면 말짱합니다.

그런 일을 반복하는 중, 드디어 원인을 알게 되었습니다. 그것은 두 분의 부부싸움이었습니다. 부부싸움 탓에 정신적으로 불안정해져서, 여기저기 힘들다는 증상을 호소한 것이었죠. 어쩌면 화해의 기회를 찾지 못해 우리 간호사들을 먼저 호출했는지도 모르겠습니다.

그때부터는 원인이 확실하지 않을 경우에는 먼저 할아버지에게 "다투셨어요?" 하고 먼저 묻게 되었습니다.

할아버지의 간병도 꽤 그럴싸해졌습니다. 저희가 하는 것을 가만히 곁에서 바라보고 이것저것 질문합니다. 그리고 간호 기술을 어느새 자기 것으로 만들어 갑니다. 처음에는 아무 것도 모르던 분이었기에 이것은 엄청난 발전입니다.

처음엔 불안한 표정으로 할아버지의 일거수일투족을 확인하던 할머니도 어느새 안심하고 그를 신뢰하고 있는 듯한 표정입니다.

상태가 안정된 때에는 할아버지와 여유롭게 대화할 수 있는 시간도 가질 수 있었습니다.

"나는 집사람을 고생만 시켰어. 신혼 때 어머니와 동생들 뒷바라지를 하게 하고 말이지. 그래서 이번에는 내가 보답하고 있는 거야. 저 사람이 한 고생에 비하면 아무 것도 아니지만 그래도 뭐라도 계속 해주고 싶어. 마지막이 다 되어 이런 생각이 드는 게 너무 안타깝네. 더 오래 살아서 평생 은혜를 갚을 수 있었으면 좋겠어."

할아버지의 애틋한 사랑의 감정, 그리고 그것을 행동으로 아내에게 돌려주는 모습을 보며 더없이 멋지다고 생각했습니다.

어느 더운 여름 날 오후, "안녕하세요." 하고 현관에서 인사를 해도 할아버지가 나오질 않았습니다.

'설마 할아버지까지 쓰러지신 건 아니겠지?' 하고 황급히 들어가 보니 할머니가 계신 방 바로 옆방에서 반바지만 입고 쿨쿨 주무시고 계셨습니다. 부부가 사이좋게 낮잠을 자고 있었던 거지요.

"어라? 벌써 시간이 이렇게 됐어?"라며 부끄러운 듯 일어나셨습니다. 재택 요양이 장기화 되면 긴장도 사라지고 피로가 밖으로 드러나게 됩니다. 할머니 곁에서 홀로 간병을 떠맡은 할아버지도 상당히 피곤한 상태였을 것입니다.

"슬슬 간병 도우미를 써 보는 건 어때요?"

좋은 기회라고 여기고 재택 요양을 시작한 때부터 제안하던 것을 다시 한 번 권해 보았습니다. 하지만 그는 완고하게 고개를 끄덕여 주지 않습니다.

"모르는 사람이 들어와서 집안에 손대는 건 싫어. 할멈과 둘이 지내는 게 좋아."

'그러세요. 고집 센 양반. 전 쓰러져도 몰라요.'라고 속으로 말하면서도 부부의 인생관을 본 것 같아 더 이상은 얘기할 수 없었습니다. 집에서 함께 지내는 것이 둘에게 있어 더 할 나위 없는 행복이겠지요.

이런 일도 있었습니다. 집으로 돌아와 반 년 정도 되던 무렵부터 할머니가 입원하고 싶다고 했습니다. 그렇게 입원을 싫어하던 할머니가 말이지요. 도대체 어떻게 된 것인지 할아버지가 장보러 간 사이에 진심을 물어봤습니다.

"솔직히 말하면 불안해도 집에서 지내는 것이 제일 좋아. 그렇지만 남편 몸을 생각하면 입원하는 쪽이 좋지 않을까 해서……."

부부의 서로를 생각하는 마음은 어디까지인지.

그녀가 이런 마음을 가지고 있기 때문에 할아버지는 있는 힘을 다해 아내를 지키려 하는 것일지도 모릅니다. 장을 보고 온 할아버지에게 그녀의 마음을 전했습니다.

"여보게, 당신. 가능한 집에서 생활하는 거야. 병원에 가도 똑같은 것밖에 하지 않는단 말이야. 나빠지면 나라도 알 수 있으니까 그 때 입원하면 돼."

퉁명스럽게 말했지만 할아버지의 눈빛은 따뜻했고, 그 사랑은 충분히 전해졌습니다.

저희가 방문할 때마다 괴로운 처치가 그녀를 기다리고 있었습니다. 주 1회 기관에 삽입된 튜브를 교환하는 일, 케모포트 chemoport[7]의 바늘 교환, 방광에 넣어 둔 카테터 catheter[8] 교환 등입니다.

---

7) 케모포트(chemoport) : 항암치료 때 계속해서 약물을 주입해야 할 때나 수혈, 채혈을 자주 해야 할 경우 체내에 삽입하는 관. 피부 밑에 외부와의 연결부인 포트(port)를 삽입해서 사용한다. 외관상 잘 눈에 띄지 않는다. 일상생활 중에는 따로 소독이 필요 없고 목욕이나 수영도 가능하다.

8) 카테터(catheter) : 체내 기관의 물질을 빼내거나 각종 수치를 측정하는 용도로 사용하는 관. 소변을 배출시키는 방광 카테터, 폐동맥에 사용하는 카테터, 중심정맥에 사용하는 정맥 카테터 등이 있다.

처치를 하는 시간은 익숙한 저희가 하면 준비를 포함해서 10분 정도입니다. 그러나 장비가 충분히 갖춰져 있지 않은 집에서 환자의 상태에 맞춰 하려면 상당한 경험과 시간이 필요합니다.

하츠네 할머니는 미간을 찌푸리며 정말 괴롭고 싫은 표정을 짓습니다. 저희도 가능하면 하고 싶지 않지만, 피할 수 없는 일입니다. 언제부터인가 이 괴로운 처치 때마다 반드시 남편을 곁으로 불렀습니다. 그리고 처치하는 동안 남편의 손을 꼬옥 쥐고 있었습니다.

"내가 있어도 아픈 건 똑같아."

"나도 바쁘단 말이야."

처음에는 부끄러워하시던 할아버지도 어느새 자연스럽게 할머니의 손을 함께 쥐어 주고 계셨습니다. 이것도 재택 요양이기 때문에 가능한 것이지요.

언제부턴가 저희까지 할아버지가 곁에 안 계시면 할머니보다도 먼저 할아버지를 찾게 되었습니다. 그런 두 분의 흐뭇한 모습은 제 긴장까지 풀어 주었습니다. 그해는 할머니의 상태가 아슬아슬하기도 했지만 집에서 새해를 맞이할 수 있어서 다행이었습니다. 그러나 할아버지의 체력이 어디까지 버텨낼지 걱정이었습니다. 할머니가 입원할 때까지 계속 유지할 수 있을까 하는 불안감을 계속 가지게 하는 재택 요양이었습니다.

입·퇴원을 반복하던 하츠네 할머니가 많은 의료기기에 둘러싸여 있긴 했지만 할아버지의 헌신적인 간병으로 인해 1년 동안이나 입원하지 않고 집에서 지낸 것은 정말 대단한 일이었습니다. 주치의 Y선생님도 놀라움을 감추지 못했습니다.

"굉장하네. 이렇게 집에서 견딜 수 있다니. 할아버지도 대단하신 걸. 물론 간호사들 덕이기도 하고."

이 무렵 Y선생님이 자신의 시간을 써가며 왕진해 주신 일이 몇 번인가 있었습니다. Y선생님의 왕진 날은 할머니네 달력에 붉은 꽃 모양의 표시가 되어 있습니다. 한 달 전부터 저희가 방문할 때마다 "선생님은 뭘 좋아하시나?"라고 물어보기도 하셨습니다.

"팥찰밥9) 지을까?"라며 설레는 마음을 숨기지 않으셨습니다.

"할머니, 선생님이 부러운데요? 이렇게 들려 있잖아요. 우리는 일주일에 세 번이나 오는데도 달력에 아무 표시도 없고 말이죠."라고 농담하기도 했습니다. 그랬더니 그때부터 저희가 찾아가는 날도 달력에 표시가 되어 있었습니다. 그런 할머니가 저는 너무 좋았습니다. 아마 할아버지에게 "간호사들이 오는 날도 동그라미 쳐 둬요."라고 서둘러 시켰을 것입니다. 저희와 할머니 부부는 이렇게 뭐든지 이야기할 수 있는 사이가 되어 갔습니다.

드디어 왕진 날입니다. 오랜만에 보는 Y선생님의 웃는 얼굴에 "감사

---

9) 팥찰밥 : 한국과 같이 잔치, 축하 할 일, 귀한 손님이 오실 때 짓는 밥

합니다."라고 인공호흡기 너머 목소리라고도 할 수 없는 목소리로 말하고는, 기쁜 눈물을 흘렸습니다.

그리고 필담으로 '집에서 죽을래요. 간호사가 힘들 것 같아 미안하지만 집에 있을 거예요. 병원은 가기 싫어요.'라고 명확히 자신의 의지를 Y선생님에게 전했습니다.

저도 가슴 찡한 느낌을 받았습니다. 문득 할아버지를 보니 같은 기분인지 눈에 눈물을 가득 담고 억지로 참고 계셨습니다.

돌아오는 길에 Y선생님은

"멋진 부부야. 나도 아내가 저렇게 되면 그와 같이 간병해 줄 자신은 없어. 물론 그 반대도 마찬가지고. 어떻게 저렇게까지 있어줄 수 있는 걸까?"라고 감동하며 말했습니다. 저도 동감이었습니다. 그러나 저는 왜 그럴 수 있는지 말할 수 있었지만 왠지 아깝게 느껴져서 그냥 가슴에 소중하게 담아놓기로 했습니다.

방문을 시작하고 만 2년이 지나고부터는 9월, 10월 계속해서 2~3주 간의 입원을 반복했습니다. 할머니의 심장은 이제 마지막 단계에 이르러 있었습니다. 가능한 모든 치료를 다 한 채로. 이제는 심장이 어디까지 버텨주는지에 달려 있었습니다.

방문할 때마다 전에 비해 말수가 줄고 조금씩 활기가 없어진 것을 느꼈습니다. 그래도 조금 컨디션이 좋은 날은 할아버지에게 이것 저것 시킵니다. 그러나 입을 벙긋거리거나 손가락과 턱, 눈으로 지시하는 등 이제는 시키는 일도 쉽지가 않습니다.

초기에는 "시끄러워. 알고 있다고. 좀 참아 봐."라고 투덜거리던 할아버지도 이제는 이런 저런 주문을 하는 것이 반가운 모양입니다.

"컨디션이 좋으면 여러 가지로 시끄럽단 말야."라고 기뻐하며 그녀를 위해 분주하게 움직입니다.

'할머니가 가시고 나면 할아버지는 어떻게 될까.'

그다지 앞날이 길지 않음을 느끼기 시작한 저는 할아버지에게 할머니의 상태를 설명해야 하는 때를 자꾸만 미루게 됩니다.

할머니의 상태가 나빠져 긴급 방문한 어느 날이었습니다. 조금 안정된 후 한숨 돌리고 있는데 필담으로 이렇게 말했습니다.

'아무리 화를 잘 내더라도 남편이 곁에 있어주길 바래. 그것만으로도 충분해. 그가 먼저 잠들면 쓸쓸해.'

그 당시 병의 상태뿐만 아니라 할머니의 마음도 몹시 불안정했다고 생각합니다. 저희들이 할 수 없는 마음을 돌보는 일은 오직 할아버지만이 해내고 있다는 것을 느꼈습니다. 그리고 그것은 평생 제 마음에 남아 있는 말이 되었습니다.

이런 아슬아슬한 상황에서도 인공호흡기를 단 후 두 번째의, 그리고 마지막 새해를 집에서 맞이할 수 있었습니다. 그러나 그녀는 이거 해줘, 저거 해줘 하는 부탁은 서서히 사라지고 조금씩 삶의 의욕을 잃고 떠날 준비를 하고 있는 듯했습니다.

드디어 할아버지에게 꺼내기 가장 힘들었던 것에 대해 이야기할 때가 되어 버렸습니다.

"더 이상 심장은 어떤 치료를 해도 어려울 것 같아요. 각오할 때가 된 것 같네요. 입원할 시기도 슬슬 생각하셔야 하고요. 할머니가 전에 말했듯 집에서 마지막을 맞이하는 것도 괜찮고……. 가족들과 상의하세요."

할아버지는 쓸쓸히 이렇게 말했습니다.

"앞으로 한 달, 몇 주, 조금만 더 라고 생각하면서 3년이나 지났어. 하여튼 괴로워하지 않도록 해줬으면 좋겠어. 각오는 하고 있어. 아들들과 상의하고 올게."

집으로 돌아가는 할아버지의 듬직했던 등이 아주 작게 보였습니다.

일주일 후 한밤중에 호출기가 급하게 울렸습니다.

하츠네 할머니가 '병원에 가고 싶다고 저에게 말하라.'고 한다는 것이었습니다. 한 주간 동안 부부는 어떤 대화를 나눈 것일까요. 무슨 생각으로 그녀는 제게 연락해 달라고 한 것일까요.

저는 더 이상 다시는 집으로 돌아갈 수 없을 것이라고 생각하며 할머니의 바람대로 입원 준비를 했습니다. 4일 후 병동에서 호출이 있었습니다. 호출기가 울린 순간 '아! 할머니가…….'하고 몸에서 힘이 빠지는 것을 느꼈습니다.

병실 문을 조용히 여니 할머니는 가족 모두에게 둘려 싸여 아주 평온한 얼굴을 하고, 괴로울 때 자주 보였던 미간의 주름도 보이지 않은 채 누워 있었습니다. 가장 가까운 곳에 할아버지가 할머니의 손을 꼭 쥔 채로 앉아 계셨습니다. 항상 하던 것처럼 할머니가 돌아가실 때까지 내내 그렇게 손을 쥐고 계셨다고 합니다.

아직 온기가 남아 있는 그녀의 손을 꼬옥 쥔 저는 '애썼어요. 행복하셨죠?'라고 속으로 마지막 인사를 건넸습니다. 그리고 옆에서 넋 나간 사람처럼 서있는 할아버지에게 말했습니다.

"수고하셨어요. 할아버지. 정말 훌륭하셨어요."

지난 3년간 할머니와 할아버지의 정감 어린 대화와 많은 추억들이 떠올라 눈물이 멈추질 않았습니다. 할아버지도 시선을 깐 채로 조용히 어깨만 들썩이며 할머니와 마지막 이별을 하고 계셨습니다.

며칠 후 장례식 사진을 가지고 할아버지가 저희를 찾아 오셨습니다.

"마지막까지 잘 해냈어."

요양 중에 보이던 자신만만한 그의 웃는 얼굴이 그곳에 있었습니다.

3년을 간호한다는 것은 쉬운 일이 아닙니다. 평생을 함께하며 살아온 부부라 가능했던 것인지 모르겠습니다. 저에게는 하츠네 할머니 부부와 함께한 지난 3년의 순간순간이 기적과 같은 시간이었습니다.

아마 할아버지가 할머니에게 그렇게 할 수 있었던 것은 할머니가 할아버지에게 평생 함께하면서 전해준 사랑이 있었기에 가능했으리라 생각됩니다.

굴곡 많은 투병생활이었지만 조마조마해 하면서도 울고 웃던 3년간을 이 부부와 지낼 수 있었던 것을 행복이었다고 생각합니다.

보통의 경우라면 병원에서 요양하는 것이 당연했을 하츠네 할머니. 하지만 그분이 집에서 지낼 수 있었던 것은 할아버지의 깊은 사랑 덕분이었습니다.

사랑은 사랑할수록 깊어지나 봅니다. 사랑으로 기적을 오래 볼 수 있었던 것 같습니다.

Story 11...

아버지, 나의 아버지

나는 한 번 더,
아버지와 함께 살고 싶어.
하지만 혹시 더 이상 살고 싶지 않으시다면,
...... 가서도 되요.

그리움

우린 완전히
잊고 있었습니다.
아버지가 온화하고
부드러운 웃음을 갖고
계셨다는 것을요.

🍎 아버지의 발병

어느 여름, 부모님이 고향에서의 일을 정리하고 세 명의 자식들이 사는 도쿄에서 노후를 보내기 위해서 오셨습니다. 무려 22년 만에 부모님과 함께 지내게 된 것이지요. 이사한 지 몇 주일도 지나지 않았을 때였습니다. 아버지의 몸에 붉은 발진이 생겼는데 요새 몇 주 동안 이사니 뭐니 때문에 쌓인 피로 때문일 거라고 단순하게 생각했지만 그래도 딸이 병원에 근무하는데 만약을 위해서라도 입원해보기로 했습니다. 뭔가 특별한 증상이 있었다면, 이것저것 의심해 봤을 텐데 워낙 건강했던 분이라 특별히 안 좋을 것이 없을 거라는 생각에 대수롭지 않게 여겼습니다.

입원 후 10일 정도가 지났을 무렵, 마지막 검사로 위내시경 검사를 받았습니다. 다른 환자의 재택 방문에서 돌아온 저는 책상 위에 위내시경을 담당했던 간호사가 남겨 놓은 '곧바로 연락 주세요.'라는 메시지를 발견했습니다.

불길한 예감은 언제나 적중하는데 그때 바로 그랬습니다. 두근두근 심장 뛰는 소리를 들으며 담당 간호사에게로 달려갔습니다. 아무 일 아니길 기도하면서……. 그러나 벌써 심각하지만 않기를 바라고 있었습니다.

"식도와 위에서 진행성 암이 발견되었어요. 예상외의 결과라 내시경 담당한 선생님도 놀랐나 봐요. 조금 어수선한 분위기여서 아버님도 눈치채셨을지도 몰라요."

순간 허리에 힘이 빠지고, 다리가 풀릴 것 같은 느낌 속에서 '갑자기 암 선고를 받는 가족은 이런 기분인 걸까?'라는 생각이 들었습니다.

머릿속이 멍해져서 이런 땐 울어도 되는지, 아니면 간호사니까 의연해야 하는 건지 그조차 혼란스러웠습니다. 거기다 그다지 중요하지 않은 생각들까지 머릿속을 빙글빙글 돌았습니다.

곧바로 어머니와 형제들에게 연락하여 모두의 동의를 얻어 이번 검사에 대해서 아버지에게 이야기하기로 했습니다. 그날 저녁, 어떤 얼굴로 아버지를 만나면 좋을지 제 마음도 정리하지 못한 채 생각에 잠겨 무거운 발걸음으로 병실을 향했습니다.

"검사해보니까 식도와 위에서 나쁜 것이 발견된 것 같네. 아마 수술하자고 그럴 거예요."

아버지의 얼굴을 보지도 못하면서 겨우 내뱉은 말이었습니다.

나중에 아버지가 돌아가시고 유품을 정리하다가 우연히 보게 된 일기에는 암이라는 것을 알게 된 그날의 일을 이렇게 적어 놓았습니다.

'나는 암과 전혀 인연이 없다고 생각하고 있었지만, 내 몸이 암에 걸려 있었다는 사실에 놀랐다. 그러나 처음부터 모두 말해달라고 했었고, 내가 모든 사실을 알게 되더라도 괜찮을 것이라고 마키코는 생각했던 것이리라. 담담하게 경과를 설명해 주었다. ○○선생님과 △△선생님 쪽이 오히려 곤혹스러워하는 듯했다.'

아버지는 가만히 제 이야기를 들은 후, "그러니까 아빠가 암이냐?" 하고 단도직입적으로 질문했습니다.

"검사의 최종 결과를 기다려야 봐야 돼요. 그래서 확실히 말할 수는 없지만, 아마 그렇다고 생각해."

언제나 끝이 정해져 있는 사람들을 만나고 보내는 일을 하는 저였지만 막상 내 가족이 암에 걸려 나 또한 그와 똑같은 가족의 입장이 되니, '암'이라는 말이 있는 그대로 나오지 않았습니다. 당황스럽고 혼란스러웠습니다.

갑작스러운 발병에 대해 가족은 각자 어떤 생각을 하고 있었는지 지금 되돌아보면, 모두가 자신의 감정을 진정시키며 정리하려는 것만으로도 감당하기 어려웠을 거라 생각됩니다.

수술을 할지 말지 먼저 결정해야 했는데 당연히 하는 쪽으로 방향을 잡았습니다. 식도암은 발견이 늦으면 수술할 수 없습니다. 아버지의 경우는 수술하기에 너무 늦지 않았는지 판단하기 어려운 아슬아슬한 상태였습니다. 다행히 의사는 수술할 수 있는 상태로 판단하고 수술을 결정했습니다.

'때를 놓치지 않았어. 암을 깨끗이 제거할 수 있을지도 몰라.'

그런 생각을 하니 아버지의 발병 이후 처음으로 잠시 진정되는 것 같았습니다. 가족들도 마찬가지였겠지요. 하지만 그런 생각은 잠시 사치스러운 여유였을까요? 이후에 얼마나 많은 시련과 고통이 몰려올지는 누구도 상상할 수 없었습니다.

가족은 모두 암을 수술로 제거하고 병이 완치되어 다시 일상의 평범한 생활을 누릴 수 있을 것이라고 기대하고 있었습니다. 아마 아버지도 같은 생각이셨을 겁니다.

발병 후 수술까지의 한 달여 기간 동안 아버지는 겉보기에는 냉정하고 전혀 흐트러짐 없이, 조용한 날들을 보냈습니다.

남동생과 저는 몇 번이나 "정말 암인 거야? 겉으로 저렇게 건강하게 보이는데…… 왜 자꾸 남의 이야기만 같지? 실감이 안 나." 하며 이야기했었습니다. 의료인인 저마저도 '혹시 착오 아닐까?' 하는 기대를 버릴 수 없었습니다. 아마 그런 게 암 환자의 가족인 모양입니다.

🍒 수술, 그리고 첫재택 요양

암이라는 것을 알게 된 후로부터 한 달 정도 뒤에 아버지는 수술을 위해서 전문병원에 입원했습니다. 식도와 위를 모두 절제해내고 그 기능을 대체하기 위해 대장을 잇는 대수술이었습니다. 수술 후 며칠이 지나고 오빠가 아버지께 기분이 어떠시냐고 물으니, 딱 한 마디 하셨답니다.

"지옥이다."

모든 상황을 설명해주는 한 마디였습니다. 그 말은 오빠의 마음 속 깊이 지금도 남아 있습니다. 참을성 많고 매사에 열심히 사셨던 아버지의 그 한마디……. 수술이 얼마나 힘들었고, 건강을 되돌리기 위해서는 얼마만큼의 긴 노력이 필요할지가 느껴졌습니다.

수술은 성공적으로 식도에서도 전이가 보이지 않았습니다. 그러나 수술 후의 경과는 일진일퇴一進一退로, 생각대로 병세가 호전되지 않았습니다. 72세라는 아버지의 나이는 고령화 사회임을 생각하면 결코 많은 나이가 아니었지만 아버지로서는 상상을 초월하는 고통이 있었을 것입니다.

어머니를 중심으로 가족이 하나가 되어 열심히 곁에서 간병했지만 아버지의 몸은 쉽사리 회복되지 않았습니다. 오히려 간병하는 쪽이 먼저 초조해하고 조바심치는 상황이 자주 일어났습니다. 원래 65kg였던 체중이 48kg까지 떨어져, 몸이 두 겹 정도 벗겨져버린 것처럼 아버지는 작고 야위어 있었습니다.

부축을 받으며 지팡이를 짚어야 겨우 걸을 수 있는 정도였지만 그래도 일어났다는 것은 아버지나 저희에게는 좋은 소식이었습니다. 수술 후 2개월이 지난 12월 초, 퇴원하셨습니다.

처음 해보는 간병이라 어머니는 당황스럽고 두려워서 몹시 긴장하셨습니다. 실내에서 화장실에 겨우 다닐 수 있을 정도만 활동이 가능했으므로 욕실에 손잡이를 설치했습니다.

지금 생각하면 요양보험 안에는 재택치료를 할 때 집을 개조하는 비용과 치료용구의 임대나 구입 비용을 지급해주는 항목이 있었는데 당시에는 거기까지 신경을 쓰지 못했습니다.

아버지는 어머니의 도움을 받아 매일 아파트의 계단을 왕복하거나 하며 재활을 위한 노력을 시작했습니다. 식사량은 어린아이들이 먹는 양보다도 적었습니다. 그러나 어머니는 늘 희망과 정성을 담아 식사를 준비했고 아버지가 드시는 것을 행복해하며 지켜보셨습니다. 아마 그때가 조금이라도 행복을 느낄 수 있었던 마지막 때일 줄은 꿈에도 모르셨겠지요.

1월 중순, 오연성폐렴^{誤嚥性肺炎1)}으로 2주간 정도 다시 입원한 뒤로는 아버지의 삶에 대한 의욕은 점점 사라져갔습니다. 몸은 뜻대로 움직이지 않고, 음식은 보고만 있어야 하며 조금만 움직여도 덮쳐오는 호흡곤란 등의 고통으로 아버지는 삶보다 죽음이 가까이 있다고 느끼셨을 것입니다. 그런 마음을 겉으로 표현하는 성격이었다면 좀 더 편해졌을지도 모르겠습니다. 하지만 아버지는 그저 속으로만 삭이고 계셨나 봅니다.

　조급한 쪽은 언제나 어머니셨습니다. 이렇게나 열심히 간병하는데 왜 아무것도 드시지 않는지, 이토록 격려하는데 왜 삶의 의욕을 보이지 않는지 속상해 하셨습니다. 그것은 가족으로서는 당연한 생각이었습니다. 그 사이는 제가 조정을 했어야 했습니다. 그러나 일을 우선으로 살아가는 저인지라 정작 제 아버지의 간병에는 시간을 충분히 쓸 수 없었습니다. 지금 생각해보면 참 후회되는 일입니다.

　그렇게 바쁘게 생활하다 어느 날 정신을 차려보니 아버지는 음식도 약도 거부하는 상태가 되어버렸고 어지간해서는 움직이려 하지 않고 조용하게 가만히 누워만 계시려고 하셨습니다.

　마음이 복잡했습니다. 아버지는 아버지대로, 어머니는 어머니대로 아무리 40년 동안 함께한 부부라도 서로의 기분을 알 수 없을 때도 있는 것입니다. 특히 한 쪽이 갑자기 병으로 인해 늘 도움을 받아야만 하는 약자가 되어버리면 가족이라는 공동체의 유기체적 결합이 깨지게

---

1) 오연성 폐렴(Aspiration Pneumonia, 誤嚥性肺炎) : 음식물 등이 식도가 아닌 기관으로 잘못 넘어가 기관으로 흡입되어 호흡곤란을 일으키며 세균에 감염되어 발생하는 폐렴

됩니다. 아마 아버지는 이로 인해 가장으로서의 존재 의미를 잃으면서 당황하셨고 가족에게 부담만 주는 존재라는 인식이 생겨 더 입을 닫아버리시는 것 같았습니다.

어머니는 어머니대로 사력을 다해 간호하고 있는데 갈수록 절망에 빠지는 아버지를 보며 느끼는 실망과 안타까움에 소리라도 지르고 싶으셨을 것입니다. 거기에 저는 딸로서, 더욱이 재택 간호 일을 하고 있는 사람으로서 아버지를 간호하는 역할을 제대로 하지 못하고 있다는 자책이 마음을 무겁게 했습니다.

"재활병원에 입원하시면 어때요? 그게 지금 아버지와 어머니 모두에게 가장 좋을 거라는 생각이 들어요." 하고 말했을 때 본 아버지의 슬픈 듯한 옆모습이 지금도 눈에 어른거립니다. 아버지를 설득하면서 마음속에서는 '아버지는 이제 더 이상 견딜 수 없을 거야.'라는 체념이 자리하고 있음을 저는 알고 있었습니다.

아버지와 시간을 들여 진지하게 이야기를 나누고 나서 집에서 가까운 병원에 입원하기로 했습니다. 계속 집에 계시게 한들 어머니의 아버지를 향한 마음은 헛돌 뿐이고, 요양과 간병에 대한 부담만 커질 것 같았습니다. 슬프게도 그것은 딸로서의 판단이라기보다는 방문 간호사로서의 객관적인 판단이었습니다.

수술 후의 재택 요양은 단 한 달 반 동안이었습니다.

🍎 상태악화

2월 초순, 재활을 목적으로 입원했으나, 며칠 만에 폐렴을 일으켜 '어쩌지, 어쩌지' 하는 사이에 상태가 악화되어 산소 투여 및 고칼로리 수혈을 하면서 중환자실에서 보내는 날들이 계속되었습니다.

다시 한 번 재택 요양을 할 수는 없을까. 정작 암은 제거했는데 폐렴으로 돌아가시는 일이 생긴다면 너무 어처구니없는 일 아니겠습니까.

제가 근무하는 병원으로 다시 옮긴 것이 3월말이었습니다. 이 일에 대해서는 제가 가족들을 강제로 설득했습니다. 그리고 그것은 딸로서의 의견이었습니다. 결국 다시 재택 요양으로 돌아가게 되었지만 그렇게 되기까지 숱한 벽들을 넘어야 했습니다.

'이대로 병원에서 돌아가시는 것이 아버지는 더 행복하실지도 몰라.' 가족들은 속으로 이렇게 같은 생각을 하고 있었던 것입니다.

병원을 옮기고 먼저 폐렴 치료가 계속되었습니다. 다행히도 회복 기미를 보였으나 아버지는 삶의 의욕과 함께 입으로 음식을 먹을 기력도 잃어버렸나 봅니다. 야윈 몸은 더 말라 체중은 40kg밖에 나가지 않았고 얼굴도 열 살도, 스무 살도 더 먹어 보여 건강했을 때의 얼굴은 더 이상 아무도 기억할 수 없었습니다.

입으로 식사는 가능했지만 먹는 것에 대해 크게 스트레스를 받는 아버지를 배려해, 절제한 식도와 위를 대신해 이어 놓은 대장에 구멍을 뚫어 튜브로 영양을 넣는 방법을 선택했습니다. 아버지도 그것에 동의는 했지만, 살고 싶어서라기보다는 딸이 권하니까 억지로 한 것이었습니다.

다시 폐렴을 일으켜 스스로 호흡하는 것이 어려워져서 마스크를 사용한 인공호흡기로 호흡을 돕기 시작했습니다. 그러나 밤중에 마스크가 불편해 스스로 몇 번이고 벗어버리는 바람에 치료 효과는 크게 나타나지 않았습니다.

어느 날 밤, 병실을 방문한 저는 마지막 소원을 말했습니다.

"부탁이니까 힘을 좀 더 내 봐요. 한 번 더 아버지와 같이 살고 싶어요. 하지만 혹시 더 이상 살고 싶지 않으시다면 막지는 않을 게요. 인공호흡기를 제거하는 것도 선택이니까……."

흐르는 눈물을 닦지도 못한 채 아버지에게 간절히 이야기한 것을 뚜렷이 기억하고 있습니다.

아버지 역시 눈물을 머금고 대답하셨습니다.

"해볼게. 이제 마스크를 벗지 않을게."

그러나 그 말에는 힘이 없었고, 제가 무리해서 아버지에게 살아달라고 말하고 있는 것처럼 느껴졌습니다.

현실은 얼마나 혹독한 것인지요. 애써서 치료를 받는 아버지에게 더 큰 시련이 다가왔습니다. 마스크를 사용한 인공호흡이 한계에 달한 것입니다. 집중치료실에 옮겨, 기관 내에 기관튜브를 삽입하는 인공호흡으로 전환하지 않으면 생명이 위험한 지경에 이르게 되었습니다. 그렇게 하면 당장의 위기는 넘기겠지만 이젠 앞으로 인공호흡기에서 영영 벗어날 수 없게 됩니다.

주치의 선생님은 현재 상황과 앞으로 일어날 일들에 대해 가족들에게 설명했고 가족은 기관을 절개할 것인지 어떻게 해야 할지를 선택해야만 했습니다. 병원에서 말하는 소위 설명과 동의 절차였습니다.

아버지의 의식은 정상이었으므로 일반적으로는, 아버지 자신이 선택하는 것이 당연한 일입니다. 하지만, 최근 약 반 년 간 아버지는 자신의 어떤 생각도 말해주지 않았습니다.

건강했을 때는 자신이 병에 걸렸을 때, 이렇게 해주길 바란다거나 이렇게 하지 말았으면 좋겠다거나 누구나 명확한 자기의사를 표시할 수 있다고 생각합니다. 그러나 병에 걸려, 심신이 함께 약해지고 나서도 자신의 생각을 명확히 말할 수 있는 환자가 얼마나 있을까요? 본인이 해야 할 판단이 가족에게 위임되는 경우가 대부분인 것을 저는 현장에서도 느끼고 있었습니다. 예외 없이 제 아버지의 경우도 그랬습니다. 어머니, 오빠, 저와 동생 넷은 기관절개를 하고 계속 치료할 것인지에 대해서 상의하였습니다.

"이 이상, 아버지를 더 고통스럽게 하는 것은 견디기 힘들어. 아버지는 이런 모습이 되는 걸 결코 바라지 않았을 거야."라는 기관절개 반대파와, "적극적으로 살 의지가 없다고 하더라도 적어도 죽고 싶어 하시는 건 아니잖아. 실제로 치료에 대해 협조적인 아버지를 이대로 돌아가시게 하는 건 도리가 아닌 것 같아."라는 기관절개 찬성파로 나뉘었습니다.

언제나 환자가 편안하도록 가족들에게 억지로 연명시키지 않을 것을 말하던 저였지만 이 문제에 있어서 제 의견은 후자였습니다.

재택 요양의 현장에서 생활하면서 저는 치료방침과 입원, 재택 요양 등 가족들이 결정해야 하는 문제에 대해서 언제나 조정하는 역할을 해왔습니다. 그때마다 같은 식구라도 가치관, 윤리관, 생사관이 얼마나 다른지에 대해 잘 알고 있었습니다. 옳고 그른 문제가 아니기 때문에 한 가지 의견으로 정리하는 것 자체가 힘든 일이었습니다. 그런데 그것이 제 문제가 되니 더욱 혼란스럽고 정확한 판단을 하기가 어려웠습니다.

어쨌든 기관절개를 하기로 결정했고 인공호흡기를 단 채로라도 어쩌면 한 번 더 집으로 돌아갈 수 있지 않을까 하는 가능성을 갖게 되었습니다.

기관절개를 하고 인공호흡요법이 계속되면서 병 상태는 안정되었습니다. 암 수술을 하고 1년 후, 암은 재발하지 않았지만 튜브로 영양분을 섭취해야 했고 산소 역시 튜브를 통한 인공호흡으로 버티게 되어 버린 아버지.

……가족 모두는 이렇게 스스로는 아무것도 할 수 없게 된 아버지의 상황을 받아들이기 위해 노력하고 있었습니다.

하물며, 의식이 온전했던 아버지는 자신의 그런 무기력한 모습을 보며 얼마나 슬프고 낙심스러우며 비참했을까요. 그러나 저는 그런 아버지의 마음을 알고도 모른 척 할 수밖에 없었습니다. 등을 돌리지 않으면 저조차 무너져버릴 것 같았기 때문입니다.

그래서 정신 전문 간호사에게 아버지의 마음을 받아달라고 요청했습니다. 단단히 마음의 문을 닫아버린 아버지를 대하기는 가족 모두 힘겨웠기 때문이었습니다. 간호사가 아버지와 어떤 대화를 나누었는지는 지금도 알 수 없습니다. 그러나 딱 한 번 이야기해 준 것이 있는데 저는 그 말을 평생 잊지 못하고 있습니다.

"아버지는 죽고 싶다 따윈 생각하고 있지 않아요. 그런데 삶의 의미를 잃어버렸고 집으로 돌아가 봐야 가족들에게 폐만 끼치게 될 것을 아니까 그것은 또 다른 고통이라고 그러세요. 여기에 그냥 이대로 입원해 있는 것이 제일 편한지도 모르겠어요."

장기요양병원이 아닌 다음에는 환자의 상태가 안정되면 계속 입원해 있기가 어렵습니다. 규정도 있고 경제적인 문제도 있기 때문입니다. 그래서 퇴원을 해야 하는데 재택 요양에 대해 이야기할 때마다 결코 기쁜 표정을 짓지 않는 아버지를 보면 슬픔이 몰려왔습니다.

저는 재택 요양을 담당하는 사람이라서가 아니라 환자는 집에서 지내는 것이 인간의 마지막 자존심과 존엄성을 지키는 길이라고 생각하고 있습니다. 그렇게 생각하고 있기에 방문 간호 일을 계속 하고 있는 것입니다.

그러나 아버지는 집을 마지막 안식처로 생각하지 않았습니다. 지금 생각해 보면 그것이 아버지가 가족을 위해 할 수 있는 마지막 배려였다는 생각도 듭니다. 모두에게 폐를 끼치는 것이 고통이었기 때문에…….

결국, 저희는 아버지를 집으로 모시고 돌아가는 것을 결단했습니다. 물론 평탄하게 결정한 것은 아니었습니다. 갈등이 있었습니다. 의사이면서 아버지의 경과를 가장 객관적으로 보고 있던 동생은 어머니의 간병에만 의지해 재택 요양을 하는 것은 무리라고 판단했습니다. 제 생각에도 제가 얼마나 짬을 내어 간병을 도울 수 있을지 불확실했습니다. 올케언니의 도움을 받아야 한다는 이야기도 나왔고 여러 가지 이야기가 있었습니다.

결국 어머니를 중심으로 간병을 하고 제가 최대한 돕는 것으로 결론이 났습니다. 주3회 제가 있는 병원의 방문 간호를 받는 것으로 하고 요양보험 등 필요한 절차를 밟아 나갔습니다.

아버지는 요양보험에서 가장 중증으로 판정을 받았습니다. 그래서 요양보험에서 주3회 방문 간호를 받게 되었고, 주2회 세 시간씩 간병인 서비스를 받을 수 있었고, 주1회 목욕 서비스, 기저귀 지급 서비스, 침대 대여 등의 기타 서비스를 받게 되었습니다. 금액으로 환산하면 월 400만 원 정도씩 지원받는 것이었습니다. 여기에 대해 환자의 자기부담금은 10%였습니다. 그리고 인공호흡과 산소, 영양분 공급 등은 모두 의료보험이 적용되었습니다.

🍎 마지막 재택 요양

두 번째 재택 요양이 시작된 날, 인공호흡기와 산소통을 매단 침대에 아버지가 눕혀진 채 구급차에 실렸고 어머니와 제가 그 곁에 자리했습니다. 구급차 뒤로는 동생과 오빠가 각각의 차로 따르기로 했습니다. 내막을 모르는 사람들은 마치 무슨 행사처럼 보였을 수도 있는 모양새였습니다.

간병의 중심인 어머니의 능력은 탁월했습니다. 호흡기의 가습기 물

교환, 기관절개부와 매일하는 위루$^{胃瘻2)}$의 거즈교환, 가래흡인, 경관영양$^{經管營養3)}$의 준비와 시행 등 모두 전문가처럼 해내고 있었습니다.

제가 한 일은 방문 간호사로서 퇴원 직후 주말에 간병 상태를 한 번 점검한 것 밖에 없었습니다. 나머지는 아무 문제없이 진행되고 있었습니다. 어머니는 요양노트를 만들어서 많은 일을 빠짐없이 시행할 수 있도록 체크리스트도 만들어 놓았습니다. 어머니의 강인한 의지를 엿볼 수 있었습니다. 그러나 그런 어머니의 의욕 충만한 간호를 받는 아버지는 병원에서와 마찬가지로 별로 기쁜 기색도 없었고 삶의 기대도 없어보였습니다. 그것은 제게 불안이었고 재택 요양 말기의 커다란 함정을 의미하는 복선처럼 느껴졌습니다. 아버지의 그런 어두움은 저도 우울하게 만들었습니다.

아버지는 경관영양으로 인해 설사를 일으키기도 했고, 경관영양튜브가 들어간 구멍에서 영양제가 다량으로 흘러 주변 피부가 상하기도 했었고, 소변이 나올 때까지 시간이 걸리면서 결국 배뇨통이 생겨 방광에 카테터를 삽입하기도 했습니다. 그것 외에도 몇 가지 더 사건들이 발생했지만 주3회, 저를 포함한 세 명의 방문 간호사들이 조기 대응을 잘해서 상태가 악화되는 일은 없었습니다.

제 동료 방문 간호사는 간병을 잘하시는 어머니를 중심으로 일단 재

---

2) 위루(gastric fistula, 胃瘻) : 입이나 식도, 위 등에 병이 있거나 음식물을 삼키고 통과시키는 데 장애가 있어 입으로 음식을 섭취할 수 없는 경우, 또는 음식물이 질병이 발생한 부분을 지나지 않게 해야 할 필요성이 있을 때 일시적으로 또는 영구적으로 위에 관을 삽입해서 몸 바깥으로 연결시켜 놓은 것. 주로 영양공급을 위해 사용한다.

3) 경관영양(tube feeding, 經管營養) : 관을 통해 영양물을 공급하는 방법. 입을 통해서는 영양물을 충분히 섭취할 수 없는 경우에 이 방법을 사용하고, 식도에서 장에 이르는 각 부위에 수술을 하거나 코를 통하여 관을 삽입하여 영양물을 공급한다.

택 요양이 제자리를 잡아가고 있다고 평가했습니다. 저도 방문 간호사의 입장에서 볼 때, '이렇게나 의료의존도가 높은 환자의 간병을 이토록 잘할 수 있다니.' 하며 새로운 가능성을 발견하게 될 정도였습니다. 하지만 함께 생활하는 가족의 입장에서 본다면 간단하지 않은 일이었습니다.

재택 요양 초기부터 아버지를 위해서 마련해 놓은 호출용 벨이 빈번하게 울리면 어머니는 초조해 하셨습니다. 입원 중에는 24시간 교대로 간호사가 당당했던 일들도 재택 요양이 되면서는 모두 가족의 몫이 되었기 때문입니다. 그리고 가족이 하는 간병은 업무가 아니었으며 퇴근이라는 것도 없었습니다. 간병능력이 있어도, 환자에 대한 애정과 동정이 어지간히 없다면 재택 요양은 유지하기 어려운 면이 있습니다.

저는 자주 강의에서 간병능력介護能力과 간병력介護力은 꼭 일치하는 것은 아니라고 말합니다. 말 그대로 이것을 뼈저리게 느낀 나날들이었습니다.

'병들기 전까지는 그렇게 열심히 살던 사람이었는데, 살고자 하는 마음이 왜 사라졌을까. 하다못해 감사의 마음이라도 표현해 준다면…' 하는 생각에 어머니는 서운하기도 하고 속상하기도 한 것 같습니다.

그에 대해 저는 방문 간호사로서, 간병을 홀로 감당하며 거의 완벽히 해내고 있는 어머니에게 공감하면서, '당신은 잘하고 계신 거예요.'라고 마음을 읽어드려야 했겠죠. 하지만 한편으로는 이런 생각도 들었습니다.

'저렇게나 약해진 아버지를 왜 무조건적으로 따뜻하게 대해줄 수 없는 걸까. 대수술을 받은 아버지가 그렇게 간단히 회복될 리가 없는데, 이런 때일수록 가족의 보살핌이 더 필요한 것 아닐까?

이런 생각은 어머니와 자주 충돌하게 만들었습니다. 제 속에는 딸로서의 입장과 방문 간호사로서의 생각이 뒤범벅이 되어 있었던 겁니다.

만약 지금까지 건강했던 사람이 어느 날 갑자기 병에 걸려, 수술을 받아야만 했고 이후 회복되리라고 기대했으나 전혀 그렇지 못하고 오히려 최악의 상황임을 알게 되었다면 가족은 혼란스러운 게 당연합니다. 아버지의 경우도 그런 것이겠죠. 갑자기 일어나지도 못하는 아버지를 현실적으로 받아들이려면 시간이 더 필요했을까요?

가족 조정을 할 때에는 가족이 지금까지 살아온 역사와, 가족일지라도 분명히 다른 윤리관, 인생관, 생사관을 충분히 이해한 후 접근하는 것이 필요합니다. 그것은 환자뿐만 아니라 가족까지도 돌보는 것이 되어야 진정한 의미가 있기 때문입니다.

현실에서는 가족 중 누군가는 희생되는 경우가 대부분입니다. 집에서 애쓰고 있는 환자와 가족. 가족은 적어도 환자를 이해하는 마음이 있어야 하고 환자는 가족에게 감사하는 마음을 가져야 하는 것이 가족을 돌보는 핵심인 것 같습니다.

🍎 재택 요양의 포기

아버지가 퇴원하신 후 한 달쯤 지난 늦은 밤에, 일에서 돌아온 저는 평소처럼 옅은 어둠 속인 아버지가 요양하시는 거실을 들여다 보았습니다. 아버지는 기다렸다는 듯이 제게 손짓을 했습니다. 인공호흡기 덕에 말을 할 수 없는 아버지. 화이트보드를 이용해 대화합니다.

'언제 자니? 자기 전에 몇 번 보러 와줬으면 좋겠다.'

'왜 그러세요?'

'엄마 힘드니까. 더 이상 깨우지 못하겠어서……'

북받쳐 오르는 슬픔에 아무 말도 못했습니다. 깊이 생각하면 더 괴로워질 것이 뻔했기에 저는 호출 벨을 제 방에 달아놓았습니다.

그날 밤 아버지는 두 번 호출하셨고 저는 처치를 잘 끝냈습니다. 그러자 아버지는 저에게 두 손을 모아 보였습니다.

고맙다는 표현. 이 감사의 인사를 왜 어머니에게는 하지 못하는 것일까요. 아무리 가족이라도 서로의 마음에서 알 수 없는 부분이 훨씬 많다는 것을 아버지를 보며 느꼈습니다.

재택 요양을 시작하고 2개월 가까이 되어 저는 그때까지의 여러 가지 일들을 객관적으로 보고 판단해 보면서 가족으로서의 제 역할에 한계를 느끼게 되었습니다.

얼핏 보기엔 병 상태도 안정되어 있고 어머니의 간병 능력도 충분하여 잘되고 있다고 생각했을 수도 있으나 아버지를 중심으로 한 가족들 사이에 조금씩 마음에 균열이 생겼던 것입니다. 결국, 아버지는 암 수술을 받았던 병원에 다시 입원하게 되었습니다. 퇴원을 설득했던 제가 이제는 다시 입원에 대해 설득했습니다. 아버지는 조용히 눈을 감으신 채 제 이야기를 듣고 있었습니다.

지금 생각해 보면, 수술을 한 것은 아버지의 뜻이었지만 그 후의 위루 설치나, 기관절개, 재활을 위한 입원, 재택 요양, 재입원 등의 결정은 모두 가족의 생각이었습니다.

마지막 입원을 위해 차로 이동할 때, 같이 있던 방문 간호사로부터 아버지가 눈물을 흘리셨다는 말을 들었습니다. 그러나 그것이 무슨 눈물이었는지 무엇을 말하고 싶었는지 마지막까지 아버지에게 물을 수 없었습니다.

그로부터 약 3개월 후 아버지는 돌아올 수 없는 사람이 되셨습니다.

가족들은 아버지가 떠난 슬픔 말고 뭔지 모를 후회를 느끼고 있었습니다.

돌아가신 당일, 장례 전에 오빠와 교회를 미리 살펴보러 갔을 때, 아버지의 영정사진을 보고 둘은 소리 내어 울기 시작했습니다. 오빠나 저나 같은 마음이었을 것입니다.

우린 완전히 잊고 있었습니다. 아버지가 온화하고 부드러운 웃음을 갖고 계셨다는 것을요.

암이 발견되고 약 1년 반.

아버지는 단 한 번도 웃는 얼굴을 보여주시지 않았습니다. 어느새 아버지는 늘 어두운 얼굴이었다고 기억되어 버렸나 봅니다.

나중에 오빠는 제게 이렇게 이런 이야기를 했습니다.

"아들로 아버지가 끝까지 살아주셨으면 했어. 아버지는 나의 아버지였으니까. 그래서 언제나 아버지에게 힘내라는 말만 했었지. 이제 됐어. 편히 쉬어도 돼요. 지금까지 잘해 왔어요. 이렇게 따뜻한 말을 해드리지 못했어. 이렇게나 빨리 가버릴 줄 알았다면, 손을 잡고 따뜻한 말이나 많이 해드릴 걸. 평생, 이게 후회로 남을 것 같아."

어머니도 이렇게 말씀하셨습니다.

"고생해서 수술했는데, 이럴 줄 알았다면 수술하지 않고 있었던 편이 나았을지도 몰라."

저는 입원하지 않고 조금 더 집에서 견뎠더라면 어떻게 되었을까 하고 지금도 때때로 생각합니다. 그리고 '아버지는 과연 행복하셨을까?'

적어도 병들기 전에는 행복을 느낄 때가 있었다고 생각합니다. 그러나 가족에게 의지하거나 스트레스를 겉으로 내는 성격이 아닌 아버지에게 있어, 병들고 사람의 손을 빌리지 않으면 살 수 없게 된 시점에서 사는 것을 체념한 듯이 느꼈습니다.

보통의 사람에게는 가장 편안한 장소는 집이라고 생각됩니다. 저의 입장에서는 가능하면 잠시만이라도 환자가 재택 요양으로 여생을 보낼 수 있도록 하는 조정을 위해 힘을 쏟고 있습니다. 그러나 재택 요양이 최선은 아니고 한계가 있는 것도 사실입니다.

저는 방문 간호사로서, 또한 가족의 일원으로서의 이번 경험으로 지금까지보다도 더 깊이 환자와 가족의 마음을 이해할 수 있게 된 것 같습니다.

남의 일만은 아닌 세계

죽음, 죽는다는 것! 어느 누구에게 있어서도 남의 일이 될 수 없는 것. 젊은이라고 예외는 아니다. 노인이든 십대든 죽음 앞에서 순서를 정할 수는 없다. 젊은이의 죽음이 더욱 가슴 아픈 건 아직 한 번도 펴보지 못한 채 가야 하는 안타까움이 더해져서일 것이다.

그런 죽음을 이미 예정해 놓고 사는 사람들, 죽어야 할 날을 받아 놓고도 살아야 하는 사람들의 이야기가 여기 있다. 그들은 마지막 순간에 인간이고자 했다. 그래서 소녀도 노인도 병원에서 의료장비에 둘러싸여 연명하기보다는 집에서 죽고 싶다고 생각했는지 모른다.

안정되고 익숙한 집으로부터 격리되어 병원의 하얀 천장, 하얀 벽 아래에서 죽음과 대면하는 것은 그 자체만으로도 이미 절반은 죽은 것과도 같은 것이다. 하지만 집에 돌아올 수 있게 되었다. 집에도 필요한 의료기구들을 비치할 수 있게 되었고 요양보험 역시 그런 방향으로 지원이 강화되었다. 그래서 집으로 돌아와 떠나고 보낼 준비를 하는 것이 가능해졌다.

집에 다시 온 것 때문에 병 상태가 눈에 띄게 좋아진 사람도 적지 않다고 한다. 환자는 그렇다하더라도 간병하는 가족은 더 힘들어지는 것 아니냐고 딴지거는 사람이 있겠지만 그것을 지원하기 위해 방문 간호사가 있다.

한 집 한 집, 한 사람 한 사람 얼굴을 맞대고 가족 속으로 들어가 간병하고 마음을 돕는 일을 하는 사람들이다. 체계화된 병원에서는 겪지 않아도 될 스트레스가 있고 때로 인격을 시험 받기도 한다.

그것이 저자인 오시카와의 직장이며, 이 책은 그 직장에서 만났던 몇몇의 죽음에 대한 기록이다. 동시에 죽음을 목전에 둔 가족의 삶의 기록이기도 하다. 일일이 환자들과 마주하며, 정情을 잃지 않고, 가족에 대한 거리감을 버린 채, 마지막을 함께 지켜보는 오시카와의 모습은 믿음직하고 아름답다.

딱 한 번 오시카와를 본 적이 있다. 방문 간호의 세계를 TV 드라마 「곧 다가올 날을 위해서」에서 그려 내기 위해 이 책을 접하고, 억지로 시간을 얻었다. 젊고 활력이 넘치고 하는 일에 대해 자부심을 가지고 있고 명랑하며 합리적인 사고를 가지고 있는 여성으로만 볼 수도 있었지만 대화를 나누고 그녀의 이야기를 듣는 중, 조금의 피로함도, 희미한 비애悲哀도 자연스럽게 감추지 않는 여성임을 알게 되어 넋을 잃고 말았다. 아마 이 책의 마지막 장을 읽었기 때문인지도 모른다.

이 책이 빛나는 것은 마지막 장에 실린 아버지의 발병 때문이다. 그동안 셀 수 없을 만큼의 암 환자와 마주하며, 의료인으로서는 자타가 공인하는 베테랑이었지만 아버지의 암을 알게 된 후 '허리에 힘이 빠지고, 다리가 풀릴 것' 같았고, '갑자기 암 선고를 받는 가족은 이런 기분인 걸까?' 하고 처음으로 실감하게 된 것이다.

"아빠는 암이냐?"라는 아버지의 단도직입적인 질문에 이성적으로는 솔직히 대답하려고 하나, '암'이라는 말을 있는 그대로 입에 담을 수 없는 자신을 발견하게 된다.

요양보험제도 가운데 재택수리비, 복지용구 대여와 구입비 등을 지급받을 수 있었음에도 거기까지 신경 쓰지 못한 것은 환자의 가족으로서 겪는 오시카와의 정신적인 충격 때문이었으리라.

그녀는 간호사로서의 환자의 죽음과 가족으로서의 아버지의 죽음과의 간격을 감추지 않고 보여주고 있다. 방문 간호를 평생직업으로 삼고 노력하고 있는 오시카와가 '재택 요양이 반드시 최선은 아니다.'라고 한 것은 상식적이지도 않고 간호사에게 어울리지도 않는다. 그렇지만 직접 경험한 환자의 가족의 입장에서 써 놓은 그 말 한마디가 이 책의 수준을 몇 단계 높여 주고 있다. 이것은 몇 겹이나 복잡하고 깊은 세계이며, 따라서 이 책도 그저 단순히 읽기 쉬운 책은 아닐 것이다.

_TV 드라마 『곧 다가올 날을 위하여』 작가

우리는 당연하다고 생각하는 것들이 많이 있습니다. 우리의 삶과 죽음을 의지와 상관없이 다른 사람에게 맡기는 것도 우리는 당연하다고 생각하는 것들 중의 하나입니다.

이 책은 지금 실현하기는 힘들겠지만 당연하지 않은 것을 선택한 사람들의 이야기를 통해 누구든지 가야만 하는 길을 어떻게 갈 것인가란 물음을 우리에게 던져줍니다.

이 책을 〈세움과 비움〉에서 의뢰한 때는 외할머니께서 돌아가신 지 두 달이 지난 무렵이었습니다. 할머니의 의지와는 다른 단지 '연명'을 위한 주위의 노력을 보면서 생각한 물음들에 대해 이 책을 통해 어느 정도 대답을 들은 것 같습니다.

번역하면서 일본의 60~70대 지인들과 대화를 나누기도 했습니다. 마치 이 책을 읽기라도 한 듯이 모두 '가능하다면 마지막 시간을 가족들과 집에서 보내고 싶다.'라는 말씀들을 하셨습니다. 아마 한국도 별반 다르지 않을 것이라 생각됩니다.

항상 바쁘게 돌아가는 사회구조상 거기에 익숙해져야 하는 우리 자신과 그 구조의 틀에서 병원과 장례식장에서 삶이 마무리 되는 것이 '당연시' 되는 환경은 얼마나 우리의 감성이 무뎌졌는지를 생각하게 합니다.

한편 일본의 재택 요양보험(일본에서는 개호보험)의 체계와 실행이 부럽기도 했습니다. 죽음을 미화할 수는 없지만 생명이 귀하듯, 죽음도 존엄하고 소중하게 여겨져야 하는데 그것을 가능하게 하는 일본의 사회적 보장은 이상을 현실에 잇는 가교架橋역할을 하고 있었습니다.

나이와 성별에 상관없이 죽음에 맞닥뜨린 등장인물들을 통해 죽음의 보편성을 그려내면서, 우리에게 소중한 것이 무엇인지를 묻기도 하지만, 자신의 경험을 통해 '이것이 최선은 아니다'라고 겸손하고 담담하게 말하며 선택을 맡기는 오시카와 씨의 이야기를 들어보시기 바랍니다.

떠나야 하는, 그러나 보낼 수 없는 사람들의 이야기를 외할머니를 먼저 보내시고 '네 할머니가 가고 내 마음이 그려.'라고 말씀하시는 할아버지를 생각하며 번역했습니다. 제게는 정말 소중한 시간이었습니다.

일관성 있게 나를 이끄시는 그분과 기꺼이 남편과 아빠를 빼앗겨준 사랑하는 아내 미림, 딸 소미에게 감사의 인사를 전합니다.

_ 남 기 훈

안녕......

.... 안녕